BBULMEDIA

www.bbulmedia.com

왕좋의아침

경록 **대체 역사 소설**

[완결]

◆ 8

왕좌의 앞침

바다의 왕좌(王座)

뿔미디어

목차

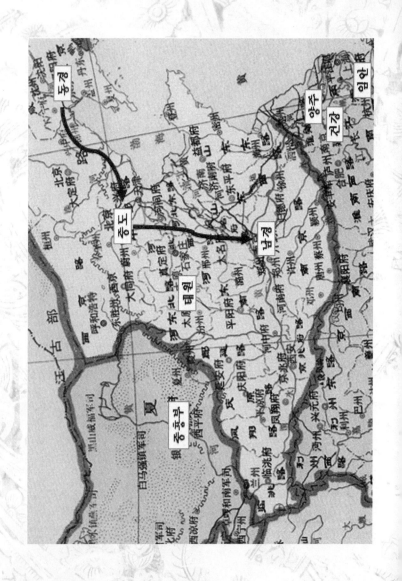

제43장
대송(大宋) 입조행(入朝行)

1165년 7월 2일.

「승풍(乘風)」과 「봉래(蓬萊)」의 거대한 두 배를 앞세운 정민의 함대는 남송 천주의 문을 두드렸다. 진강(晉江)의 물길을 거슬러 육지와 맞닿은 천주(泉州)의 항구로 들어서는 정민의 함대에 천주의 관리들은 적잖이 당황했다.

이 정도 규모의 함대가 천주에서 보기 힘든 것은 아니었다. 금나라에 밀려서 강남으로 옮겨온 뒤로 오히려 원양 무역은 더욱 번창하고 있는 송나라였다. 그 가운데에서도 남쪽 바다를 오가는 배들이 수없이 거쳐 가는 천주항이었다.

발달한 송나라의 조선 기술로 만들어진 원양무역선들 가운데에는 승풍이나 봉래 정도의 크기와 견줄 만한 배들이 적지 않았다. 하지만 천주의 관리들을 놀라게 한 것은 사실 정민의 함대의 규모 그 자체보다도 그것이 고려에서 무역을 하고자 찾아온 선박이라는 점에 있었다.

대식국(大食國, 아랍)에서 종종 건너오는 배들 가운데에도 이 정도의 크기를 가진 것은 없었다. 배의 크기를 보고 으레 송선(宋船)이겠거니 하던 천주의 관리들이 입항을 청한 배가 고려선(高麗船)이라는 말을 듣고는 순간당황하고 만 것이다. 그도 그럴 것이, 배가 항구에 다다를 때까지 천주항에서 출항한 자기 나라 선박인 줄 알고검문도 하지 않았던 것이다.

"고려에서 오는 배들은 근래에 다들 태극무늬의 깃발을 달아 국적을 알리고 있는데, 배의 크기만 보고 천주항에 당도할 때까지 아무 조치도 취하지 않았다는 게 무슨말이냐?"

복건로 전운사(轉運使)로 천주의 제거시박사(提擧市

舶使)를 겸직하고 있는 유정(留正)은 휘하의 관리들을 다그쳐 물었다. 관직에 출사한 이후, 하급 지방관으로 전전하다가 어렵사리 영전해 온 복건전운사의 자리였다.

천주에서 걷히는 세금은 소흥(小興) 4년(1134)에는 남송 전체의 국세(國稅)에서 1할을 차지할 정도였다. 이러한 천주의 무역과 항만 관리를 모두 총괄하는 제거시박사를 겸직하는 전운사의 자리가 가지는 무게는 상상 이상으로, 이 자리를 노리는 자들만 해도 한가득이었다. 언제고 사소한 실수로 좌천될 가능성이 높았다. 그만큼 유정에게는 이것이 진땀이 나고도 남을 일이었다.

"밖으로 나아가서 고려선을 직접 보시면……."

하급 관리의 변명에 유정은 부아가 치밀었으나, 총책임을 진 입장에서 도대체 일이 어떻게 돌아간 것인지 파악할 필요도 있고 해서 직접 거둥하기로 마음을 먹었다.

관리들을 족치는 것이야 그 뒤에 해도 늦지 않을 일이었다. 어차피 일은 벌어진 것이니, 차라리 입들을 잘 단속시키고 시박사가 뒷짐 지고 앉아 있었다는 소문이 퍼지지 않게 하는 것이 더욱 중요했다.

"이게 무슨……."

천주 감상항으로 나아가 본 유정은 저도 모르게 할 말을 잃고 말았다. 자신이 보아도 외국에서 온 선박이라고는 생각되지 않는 크기였다. 오로지 송나라에서만, 그것도 거상들이 가지고 있을 법한 배였다.

한데 그러한 배가 두 척이나 진강을 거슬러 오고 있으니, 관리들은 물론이거니와, 천주와 그 인근의 백성들도 그저 천주의 거상이 보낸 배가 돌아오는 것이라 생각하고 별달리 놀랍게 생각하지 않았던 것이다. 물론 그것이 고려선이라면 이야기는 완전히 달라지는 것이지만 말이다.

"고려선이 한 해에 입항할 수 있는 횟수나 규모가 정해져 있는가?"

예상치 못한 일에는 뾰족한 수가 늘상 없기 마련이다. 상황을 통제해야겠다는 마음이 급한 유정이 물었으나, 하급 관리들은 고개를 저을 뿐이었다.

"전전대의 제거시박사로 계셨던 왕 대인께서 고려선의 입항을 허한 이래로 따로 연간의 제한을 두지 않았습니다. 그러나 늘 그 규모가 일정하고 지나치지 않아 큰 문제가 되지 않았었습니다."

"도대체 무슨 목적이 있어 이렇게 큰 규모로 배를 끌고 왔는지 짐작이 안 되는군."

유정은 혀를 끌끌 차며 감상항 포구에 닻을 내리고 있는 정민의 선박들을 흘겨보았다. 저런 규모로 갑자기 물건을 천주에 풀면 당장 세금이 걷히는 것은 좋겠으나, 천주의 상인들이 불만을 토로할 가능성이 높았다.

특히 고려를 직접 오가는 상인들이 고려에서 싣고 온 물건을 저렇게 큰 배로 한 번에 내린다면 죽는 소리를 낼 것이 분명했다. 천주에서 이루어지는 무역 전부를 감독해야 하는 유정으로서는 신경이 쓰이지 않을 수 없는 노릇이었다.

거기에다가 감상항에 배가 들어올 때까지 고려선인 줄도 모르고 있었다는 소문까지 돈다면 어떻게 될까 생각하니, 유정은 눈앞이 깜깜해지는 기분이었다.

'뭐라도 내가 숨틀 구멍을 마련해 두는 것이 좋을 것이다. 아니면 저들도 원하는 바를 얻지는 못하게 될 것이야.'

유정은 단단히 마음을 먹고서 선단의 대표를 감상항에 내리도록 전하라고 명했다. 이내 쪽배가 하나 띄워져서 정민의 함대로 다가갔다. 이내 저쪽에서도 반응이 와서 사람들이 갑판으로 나오더니, 큰 배들 가운데 하나로 쪽배가 닿을 수 있도록 한 다음에 사다리를 내려주었다.

유정은 그 모양을 가만히 지켜보고만 있었다. 저들이 늦장을 부리기라도 한다면 바로 내쫓아서 한동안 천주 근처에는 얼씬도 못하게 할 작정이었다. 그러나 고려선에서는 금방 화려한 복장을 입은 사람 몇몇이 내려서 보냈던 쪽배에 함께 올랐다.

"저들 가운데 하나는 관복을 입고 있지 아니한가?"

누가 보아도 관복이었다. 그것도 붉은색으로 화려하게 물들여진 것이, 품계가 높음을 금방 보아도 알 수 있는 것이었다. 유정은 도대체 일이 어떻게 돌아가는지 점점 짐작이 어려웠다.

송과 고려는 공식적인 국교를 끊은 지 수십 년이 지나가고 있었다. 고려가 형식상이든 실질적이든 금나라에 내속을 한 이상 더 이상 교린(交隣)할 수 없다는 것이 남송 정부의 공식적인 판단이었다.

그나마 고려에서 오는 무역선을 지금 천주에서는 받아주고 있었는데, 상인이 아니라 관리가 타고 있다면 문제

왕소의아침

가 달라지고 만다. 혹여 입공(入貢)이라도 할 목적으로 온 것이라면, 그것은 유정이 결정을 내릴 수 있는 문제가 아니었다.

유정이 잠시 고민을 하고 있는 사이, 고려 사람들을 태운 쪽배는 벌써 감상항으로 다가와서 부두에 접안을 했다. 시박사에 속한 관리들이 부두에 오른 고려인들을 유정에게로 이끌었다.

유정은 감상항에 면한 누각(樓閣)으로 이들을 불러 올렸다. 유정의 앞에 선 여러 고려인들은 읍(揖)을 하여 유정에게 예를 표하였으나, 붉은 관복을 입은 젊고 키가 큰 남자는 아무런 예를 표하지 않았다. 유정이 심기가 불편하여 그를 노려보자, 이내 그의 붉은 입술이 열렸다.

"고려국 속하 장산국(萇山國)의 국주(國主) 정민이라 하오. 전운사를 만나게 되어 반갑소이다."

유창하지는 않지만 또렷하게 알아들을 수 있는 한어(漢語)였다. 유정은 낯선 이방인의 입에서 한어가 흘러나온 것에 한 번 당황하고, 그가 말한 내용에 두 번 당황했다. 그는 처음의 불쾌함도 순간 잊고 나서 도대체 어떻게 반응을 해야 할지 짧은 찰나 동안 고민을 했다. 그리고 결국 일단은 저쪽의 주장을 믿어주기로 했다.

"장산국이라니 처음 들어보는 이름입니다만, 여하간 직접 그 국주께서 천주에 내항하셨다니 송축(頌祝)할 일입니다."

유정으로서는 최선의 응대였다. 아무리 오랑캐 나라, 그것도 다른 오랑캐 나라의 속국이라지만, 한 나라의 주인인 사람이니 대국의 지방관이라 하더라도 적당한 예는 갖추어야 했다.

그러나 만약 저들이 농간을 부리는 것이라면 이후 일이 밝혀졌을 때 지나치게 대접했다가는 자신의 꼴이 우스워진다. 유정은 그래서 조심스럽게 예우 아닌 예우를 해준 것이었다.

"그간 대송(大宋) 천주항의 위엄을 전해만 듣다가 직접 보니 감탄스럽기 그지없소이다. 모두 대송 황제 폐하의 성세(盛世)에 복건 전운사께서도 성심으로 이 땅을 돌보니 이리도 번창할 수밖에 없을 것이오."

정민이 은근슬쩍 경계심을 풀라는 듯 치켜세워 주자 유정도 적당히 응하지 않을 도리는 없었다.

"이리 오셔서 저와 마주 앉으시지요. 어쩐 일로 본국

에 내항을 하신 것인지 들을 이야기가 많을 것 같습니다."

"물론이지요."

사내는 성큼성큼, 사양하지 않고 걸어와서 유정의 맞은편에 털썩 주저앉았다. 그 뒤로는 고려인들이 열댓 명 시립하여 섰다. 유정이 뭐라고 말을 꺼내기도 전에, 정민은 손을 들어 그들 가운데 하나를 자신의 옆으로 불러와서 화려한 칠기 상자를 유정의 앞에 내려놓게 했다.

"이것이 무엇입니까?"

"대인을 위한 선물이오이다. 고려 홍삼이올시다."

"……."

어쩐지 주도권을 빼앗기고 상황 통제력을 잃고 있는 것 같다는 생각도 잠시. 유정은 그 칠기 상자를 열어보지 않을 수 없었다. 고려의 삼, 그 가운데에서도 홍삼의 위명은 이제 송나라 전체에서 자자했다.

무병장수의 만병통치약이라는 말을 믿지는 않지만, 그런 소문만큼 귀한 약재이기는 할 터였다. 칠기의 합(盒)을 열어 귀한 붉은 비단으로 감싸여 놓여 있는 커다란 세 덩이의 홍삼을 보고서 유정은 할 말을 잃었다.

"오늘 여러 차례 저를 당황하게 만드시는군요."

유정은 큼큼, 수염을 저도 모르게 당기며 한발 물러섰다. 정민은 빙그레 웃음을 지으며 유정을 넌지시 바라볼 뿐이었다. 저 젊은 남자에게 저도 모르게 기가 죽었다는 생각을 한 유정이었으나, 뻔히 자신이 거느린 관리들이 지켜보는 와중에 홍삼을 받아서 기분이 좋다는 티를 낼 수도 없는 노릇. 더 이상 대화에서 밀리고 싶지 않은 마음에 그는 단도직입적으로 본론을 꺼냈다.

"도대체 무슨 일로 천주에 입항하신 겁니까?"

천주 감상항에 들어온 두 척의 거대한 배를 위시한 선단이 고려의 속국인 장산국이라는 나라에서 온 배라는 소문은 금방 천주 성내에 퍼져 나갔다. 장산국이라는 이름이 일전에 알려진 바 없으므로 사람들은 도대체 동해(東海) 어디에 떠 있는 나라인가 궁금해했다.

송나라의 해외에 대한 지식은 얕지 않아서, 동쪽으로는 일본에서, 남쪽으로는 진랍(眞臘)과 천축(天竺), 그리고 멀리 대식국에 이르기까지 대략적인 그 위치와 국명들 정도는 널리 알려져 있었다.

왕후의아침

고려와 공식적인 국교가 끊어진 지 오래라고는 하나 그 나라에 오가는 상인들이 한둘이 아니니, 갑작스레 고려의 속국이라 주장하는 장산국이라는 나라의 존재가 의문스럽기 짝이 없는 노릇이었다.

　그러나 이내 이 소문은 연이어 퍼진 두 소문에 금방 사그라졌다. 하나는 많은 송나라 사람들이 생각하기에는 참람하게도 고려국의 왕도 황제를 자칭하고 여러 방백(方伯)을 봉하였다는 소식이요, 다른 하나는 이번에 장산국에서 왔다는 선박을 통해 여진인들에게 억류된 북송(北宋) 황가의 공주가 천주에 도착했다는 것이었다.

　특히 두 번째는 천주 사람들에게는 하루 종일 떠들어도 지치지 않을 만큼 재미있는 소재였다. 금나라를 혈혈단신 탈출하여 고려 땅을 거쳐서 장산국주의 비호를 받아 고국으로 돌아온 공주라니, 흥미롭지 않다면 그것이 거짓말일 것이다.

　"듣자하니 그 미모가 엄청나다고 하더구먼."

　"혹시 거짓부렁은 아니야?"

　"듣자하니 황가에 내려오는 징표들도 갖고 있다고 하던데. 뭐, 진짜든 가짜든 임안에서는 그다지 달가워하지 않겠지만 말이여."

"그게 무신 말인가?"

"뭐여, 그 금상폐하가 여진 놈들에게 끌려간 부황(父皇)과 형황(兄皇)이 계셨으면 제위에 오를 순번이 아니라는 것이지. 더군다나 태자(太子)는 어떠하신가. 태조(太祖, 조광윤)의 핏줄을 이었다고는 하나, 실상 금상폐하와는 멀고먼 친척이 아닌가. 그런 와중에 적통을 이은 황족이 자꾸 들어오면 달갑지가 않지, 달갑지가 않아."

"이보게, 그, 어디 가서 그렇게 입을 함부로 놀리다가는 경을 칠라."

"흠흠……."

다들 대놓고 하는 이야기는 아니지만, 현 황실에서 정강의 변 당시에 금나라에 억류된 구황실의 핏줄을 달가워하지 않는다는 것은 잘 알려진 사실이었다. 오죽하면 현 황제가 금나라에서 황족들을 돌려보내지 말라고 몰래 청했다는 소문까지 널리 퍼져 있는 마당이었다.

백성들이야 웃전에서 돌아가는 일에 감 놔라 대추 놔라 할 수 없는 처지인 것은 당연하지만, 그렇다고 눈과 귀가 닫혀 있는 것은 아니었다. 그러니 함부로 입에 올릴 수 없는 소재만큼 흥미를 돋우는 것도 없는 법이었다.

"이건 별로 달갑지 않은 일인데……."

복건 전운사 유정이 보낸 급고를 받고 임안에서 조정을 대신하여 천주로 보내진 주희(朱熹)는 천주 성내에 들어서자마자 귀로 파고드는 소문들에 표정이 굳었다. 그는 명실상부하게 일전의 금나라와의 전역(戰役, 전쟁) 이후로 태자의 측근으로 부상하여 조정에서 점차 품계가 높아지고 있었다.

일신의 영달보다는, 정확히 말하자면 사서에 길이 남을 공명을 좇는 주희였으나, 지금의 태자야말로 대송의 보위를 이어 나라를 중흥시킬 귀재라고 믿어 의심치 않고 진심으로 그 치세를 보좌하고자 마음먹고 있었다. 그런 만큼 그 태자의 지위에 위협적일 수도 있는 소문이 달가울 리 없었다.

나라를 한 번 망하게 한 황제들의 자녀들보다 태조 조광윤의 적통을 이어받은 지금의 태자가 당연히 제위에 앉을 자격이 있지 않은가.

주희의 생각에는 한 치 의심이 없었다. 더군다나 백성들이 함부로 황실의 일을 추문처럼 입에 올리는 것 자체가 문제라면 문제였다.

'장산국주라는 자의 이름이 분명히 정민이었는데, 같은 이름이 또 있지 않다면 내가 아는 바로 그일 것이다. 그가 내가 아는 정 공이라면 도대체 왜 이런 파란을 일으키며 등장하는 것인가.'

천주의 지주사(知州事)가 마련한 숙소에 행장을 풀 때까지 주희의 머릿속에서는 그러한 의문이 떠나가지 않고 있었다. 이튿날이면 전운사를 채근하여 장산국주와 마주앉게 될 것이고, 어쩌면 그 자리에서 송나라의 공주라고 주장하는 여자를 보게 될 수도 있었다.

조정에서 진상을 알아보라고 보냈으니, 그 진위는 반드시 가려내야 했다. 그러나 저자에서 백성들이 입에 올리는 말처럼 진짜라도 문제고, 아니라도 문제였다. 그 여자가 진정으로 대송의 공주라면 대놓고 홀대를 할 수도 없으니, 적절한 화장령(化粧領, 공주를 봉하는 땅)을 주고 시집을 보내야 했다.

그렇게 끝이면 좋을 일인데, 그녀가 송 황실에 대하여 금나라에 남은 황족들의 구명과 법통에 따른 지분을 주장하면 골치 아플 노릇이었다. 아니라도 문제인 것이, 일개 변방의 정체 모를 나라에서 대송 황녀의 신분을 참칭한 여자를 들이밀어 황실을 농단하려 한 것이 되고 마니, 그렇잖아도 금나라에 대하여 체면이 잔뜩 깎여 있는 와중에 황실의 위엄에 또 직격탄을 날리는 셈이었다.

'참으로 골치 아픈 문젯거리를 들고 오셨소이다, 정공.'

주희의 표정이 절로 찌푸려졌다.

"으음……."

천주 객관(客館)에서 주희는 조인영이 내민 옥패(玉佩)를 보고 얼굴이 급격하게 굳었다. 덩달아 입술이 버쩍 말랐다. 자신도 모르게 앞에 놓인 차를 한 모금 들이켜고 나서 그는 마주 앉은 정민에게로 시선을 돌렸다.

"정 공께서는 대체……."

주희의 찌푸린 얼굴을 보며 정민은 그저 웃을 뿐이다. 심통이 난 주희는 그에게 더 이상 뭐라고 말하지 않고, 조금 떨어져서 앉은 조인영을 바라보았다.

"부친 되시는 분의 존함이?"

"심(諶) 자 되십니다."

"역시……. 동기간에는 다른 분이 계십니까?"

"어릴 때에 오라버니는 마마에 걸려 죽고 아버님의 자녀는 저 하나뿐입니다."

"이 옥패를 보니 아니라고 부정하기도 어렵거니와, 궁중 말씨를 그대로 쓰시는 것을 보니 가르침도 그 신분에 맞게 받으신 것일 터. 금나라에 보낸 간자(間者)가 다시 한 번 확인하여 주겠으나, 지금으로서는 말씀하신 바를 믿을 수밖에 없겠군요."

정민은 듣던 와중에 조인영의 아비인 조심이라는 사람이 누구인가 기억을 더듬어보았지만, 떠오르는 바가 없었다. 그저 북송 말대 황제 조환(趙桓, 북송 흠종)의 후손이거나 금나라에 함께 끌려간 황실 방계가 아닌가 짐작만 될 뿐이다. 그러나 주희의 입에서 나온 말은 정민조차 놀라게 하지 않을 수 없었다.

"정민 공, 이분께서 어떤 분이신지 정확히 알고 계셨습니까?"

정민은 살짝 당혹스럽게 조인영을 바라보았으나, 그녀는 동요 없는 얼굴로 가만히 침묵을 지키고 있을 뿐이었다.

"그저 전대 황제 폐하의 권속으로만 알고 있었습니다."

"그냥 일가 피붙이가 아니라, 전대 태자 전하의 유일한 외동따님 되십니다."

정민은 순간 몸 안의 피가 싹 얼어붙는 느낌이었다. 이렇게까지 귀한 신분인 줄 모르고 데리고 왔다가 말 그대로 남송 조정에 폭탄을 던진 셈이 되고 말았다.

그러나 정민은 당황한 티를 내지 않고 담담하게 주희를 바라보았다. 괜히 이쪽에서 허둥거리는 눈치를 채게 해서 좋을 것이 없었다. 조인영에게 도대체 왜 구체적으로 이야기하지 않았냐고 캐묻고 싶은 마음이 산더미 같았지만, 가만히 생각해 보니 자기 자신부터가 조인영에게 확실한 신분을 따져 물은 적이 없다는 사실이 떠올랐다.

"그래서 곤란한 점이 있소이까?"

정민의 말에 주희가 조인영에게 시선을 주었다.

"잠시 자리를 비켜주시겠습니까, 공주님?"

"네."

조인영은 무거운 표정으로 자리에서 일어났다. 정민과

주희, 둘만이 남은 방 안에는 어쩐지 싸늘한 공기가 맴돌
았다. 한참이 지나서야 주희가 입을 다시 열었다.

"감히 신하 된 입장으로서 함부로 입에 올릴 것은 아
니나, 금상폐하께서는 정사에 큰 관심이 없으시고, 남쪽
으로 천도하여 종묘를 지키게 된 것만으로 크게 안도하
고 계십니다. 마땅한 후계가 없어 본조의 태조 폐하의 적
손들의 핏줄 가운데에서 지금의 태자 전하를 가려 뽑으
시고 양자로 들여 금명간에 양위하실 계획이십니다."

"……."

예상대로 훗날 남송 효종이라 알려지는 현 태자가 양
위를 받아 등극하기로 이미 조정에서는 일이 진행되고
있는 모양이었다.

"그런데 이 와중에 금상폐하의 맏형님 되시거니와, 전
대 흠종 황제 폐하의 유일한 핏줄이라니요. 비록 여인의
몸으로 보위를 이을 수는 없겠으나, 이 와중에 여기에 날
파리가 꼬이지 않으리라고 어찌 장담하겠습니까?"

"흠종 황제 폐하라면……. 어찌 묘호(廟號)가 올라갔
습니까?"

"두 달 전에 금적(金賊)들이 안가(晏駕, 황제의 죽음)

하셨음을 알려왔습니다."

"으음……."

시기적으로 이래저래 좋지 않았다. 현 남송의 황제가
양위를 결심한 것도, 적통(嫡統)인 형황이 금나라 북변
에서 결국 숨을 거두고, 그 후손들도 행적을 알 길 없거
나 남송으로 돌아올 일이 없다는 확신이 섰기 때문일 것
이다.

만약 정강의 변이 아니었다면 현 황제는 제위와는 평
생 인연이 없을 사람이었다. 그러나 부황과 형황이 모두
끌려가는 바람에 분조(分朝)를 이끌고 남쪽으로 도망쳐
우여곡절 끝에 제위에 올라 제신(諸臣)들의 인정을 받을
수 있었고, 다행히도 중국 땅의 절반은 건질 수 있었다.

"물론 아까 말씀드린 바와 같이 금나라 땅에 들어가
있는 우리 간자가 그 신분이 정확한 것인지 알아볼 것입
니다마는, 이 옥패가 궁중의 지보(至寶)로 내려오며 정
강의 변 이전에 태자비(太子妃)께 바쳐진 것이니 의심할
바가 없습니다."

"그래도 대통과는 무관하니 시집보낼 곳을 잘 알아봐
앞으로 생계만 안녕케 돌보아주면 되지 않겠습니까?"

정민의 말에 주희가 한숨을 내쉬었다.

"신분이 신분이니 문제지요. 전대 태자 전하의 따님이시자, 종법상 이제 보위에 오르실 태자 전하의 종질녀(從姪女)가 되십니다. 작위와 식읍이 내려질 것이고, 잘못배필을 맺으면 그 핏줄의 상징성 때문에 황실에 부담이 될 수 있습니다."

"차라리 금상폐하의 양녀로 들이시는 것은 어떻습니까?"

"제 말을 잘 모르시겠습니까? 단순히 그런 문제가 아니라, 이제 공주께서 돌아오셨으니, 금나라에 남아 있을지도 모를 적손(嫡孫)들에 대한 구명의 이야기가 나오지 않을 수 없게 되었단 말입니다. 혹여 세도가에 시집을 가게 되신 후에 혹여 금 땅에 남아 있을 사촌 형제의 구명이라도 하신다면요? 그리고 아직 그 부친 되는 전대 태자 전하의 생사는 알지도 못하거니와, 돌아가셨다는 원손(元孫)도 아직은 살아 있는지 어찌 압니까?"

"……."

주희는 진심으로 자신이 보필하고 있는 태자의 정치적 입지에 안 좋은 영향을 주지 않을까 노심초사하고 있었다. 적장자가 보위를 이어야 한다는 것은 어디까지나 원칙일 뿐, 예외는 늘 있는 법이었다. 그러나 적장자가 가진 명분이라는 것을 무시할 수도 없었다. 그 핏줄이 혹여나 구명되어 임안에 도달이라도 하는 때에는 일이 복잡해질 수 있었다.

더군다나 현 태자는 어디까지나 황제의 양자로 입적된 것이지, 북송 때로부터 대대로 내려오는 황통(皇統)과는 거리가 꽤 있는 집안 출신이었다. 그렇잖아도 그것이 부담이라 태조인 조광윤의 핏줄을 이어받았다는 것을 전면에 내세울 수밖에 없는 상황인데, 자꾸 정통성에 시비가 붙을 만한 일들이 일어나는 것은 지금 아무도 바라지 않는 것이다.

"여(余)는 그저 우연찮게 귀국의 공주를 구명하였기에 도리를 다하고자 모셔왔을 뿐이오."

정민은 이쯤에서 선 긋기에 나섰다. 애초에 조인영을 정치적으로 무슨 대단한 목적 삼아 이용하고자 데려온 것은 아니었다. 남송 조정에서 당황해할 것이라는 정도는 예상하고 있었으나, 그녀가 전대 태자의 딸이라는 것까지는 생각도 못한 것이었다. 하필 남송 조정에서 양위가 논해지는 시점에 그녀를 데리고 온 것도 예측하지 못한 일이었다.

"일단은 사흘쯤 뒤에 저와 함께 임안으로 드시지요. 그곳에서 마무리를 지어야겠습니다."

"임안까지 갈 생각은 없었소."

"장산국주라는 이름을 내세워 천주에 들어오셨다지요?"

"그렇소만."

"입조(入朝)를 하시고 태자 전하께서 양위 받아 즉위하실 때에 조회에 참여하십시오. 정통성을 세우는 데에 힘을 보태면 봉작(封爵)을 내리실 겁니다."

"내게 별로 절실한 것이 아니오. 더군다나 나는 금나라의 현 황제와도 정치적 유대가 있을 뿐 아니라, 대내적으로는 고려의 황제 폐하의 봉신이올시다. 그 상황에서 어찌 마음대로 입조하고 작위를 받겠소이까?"

"그리하셔야 합니다. 아니면 영구히 천주를 장산뿐만 아니라 고려의 모든 상인들에게 닫아걸겠습니다."

"……."

"애초에 장산국이라는 것을 내세운 것 또한 고려 왕의

영향권에서 벗어나려는 뜻이 아니었습니까?"

"휴······."

주희는 굳이 고려의 황제라고 말한 것을 왕이라고 고쳐 주며 말했다. 고려가 황제를 칭하는 것을 여전히 인정할 수 없다는 뜻이었다.

물론 국교가 끊어진 나라 간에 이런 이야기야 무용한 것이었다. 그러나 정민이 장산국주로서 송조의 책봉을 받게 되면 새 황제는 바다 바깥의 번이(蕃夷)들이 황제의 위엄에 굴하여 새롭게 입조해 온다는 것을 전면에 내세울 수 있었다.

고려에게 그것을 요구할 수도, 방법도 없지만, 이미 들어온 장산국을 이용하는 것은 어렵지 않은 일이었다.

"여가 귀국하였을 때 짊어져야 할 정치적 부담이 너무 크오."

"고려의 신하라는 것을 내세우지 않으면 될 일 아닙니까. 장산국이 정식으로 내려진 국호(國號)입니까? 그 이름으로 고려 왕에게 책봉을 받았습니까?"

"그건 아니올시다. 내게 내려진 작위는 동래백이오."

"폐하께 공을 장산국왕(萇山國王)에 책봉하라 상주하

겠습니다."

"흠……."

"앞으로 대송에 입조할 때에는 이 이름을 쓰고, 고려에서는 모른 척 시치미를 떼면 될 일 아닙니까? 천주뿐만이 아니라 다른 시박사가 설치된 항구에서 자유로이 드나들며 거래를 할 수 있도록 배려도 할 것입니다."

"뭔가 내게 더 요구할 것이 있는 모양이오?"

가짜 이름을 내걸고 고려에도 따로 알리지 않겠다고 한다. 언젠가는 소문이 나겠지만, 시간을 벌 수 있다는 것만 하더라도 좋은 일이었다. 거기에 무역을 더 풀어주겠다니, 많은 배려를 해주는 셈이었다. 이런 건 정치적 거래가 아니다. 뭔가 바라는 것이 있는 것이다.

"데려오신 공주님과 성혼하여 다시 뫼시고 가십시오."

주희의 말에 정민의 표정이 굳었다.

1165년 8월.

습기를 가득 머금은, 후덥지근한 공기가 강남(江南)을

뒤덮었다. 습하고 무더운 여름과 봄철의 많은 강수량, 그리고 장강(長江)이 실어 나르는 비옥한 영양분은 이 지역의 엄청난 농업 생산량과 인구 부양 능력을 가능하게 만들어주었지만, 숨 막힐 정도로 더운 여름 날씨에 높은 인구밀도를 그 대가로 치러야만 했다.

그래도 바다를 면한 천주(泉州)는 해풍(海風)에 기대기라도 하련만, 내륙으로 한 발짝만 들어서면 한 시진 정도 차양 없이 서 있는 것조차도 고역이었다. 단순히 햇볕이 강한 것이 문제가 아니라, 땀이 비 오듯이 쏟아지게 만드는 습기가 문제였다. 그럼에도 불구하고 농민들은 삿갓을 머리에 올려 쓰고 광활하게 펼쳐진 농지에서 쉼 없이 일을 하고 있었다.

그것은 단순히 고된 일이라기보다는 천형(天刑)에 가까운 것이었다.

전란이 물러가고 평화가 찾아왔으나, 그것은 그것대로 고역이었다. 평화기에는 인구가 늘어나게 된다. 단위면적당 생산량이 탁월하게 높은 쌀의 재배가 그것을 가능하게 했다.

더군다나 강남 지역은 2모작이 당연한 지역이었다. 그

러나 쌀에 집중적으로 의존한 농업 체계는 소수의 배부른 자유민들이 성장하게 돕는 제도가 아니라 다수의 늘 굶주림에 면하고 왜소하며 끊임없이 노동하는 농민들을 만들어내는 제도였다.

한 명, 한 명은 궁핍하고 영양이 결핍되어 있으며, 늘 질병과 고된 노동에 노출되어 있으나, 그러한 사람을 수천만 명 먹이는 것이 동아시아식 농업의 비결이었다. 강남 지역의 번창 뒤에는 이러한 수많은 농민의 노동이 있었다.

정민 일행은 주희의 안내를 받아 천주를 출발해 육로로 임안을 향하고 있었다.

처음에는 배를 끌고 바로 임안으로 향하려 하였으나, 정민이 끌고 온 대선(大船)들을 국도(國都)인 임안 가까이 접근하게 하는 것이 꺼림칙했던 주희의 반대로 육로를 이용하게 되었다.

남송 조정에서는 조공을 바치러 와서 새 황제의 위엄을 높여줄 정도의 오랑캐가 필요했던 것이지, 거선을 이끌고 도읍 앞까지 들어와서 위용을 자랑할 외국 사절을 원한 것이 아니기 때문이다.

'앞으로 백 년이면 이러한 자존심도 한낱 폭풍 앞에서의 나뭇잎같이 될 것인데…….'

물론 정민이 과거로 거슬러 온 뒤로 많은 것이 바뀌었기에, 이번에도 몽골이 강성하게 발흥하여 구세계의 삼분지 이를 정복하는 일이 일어날지는 알 수 없었다. 그러나 남송이 국제 질서에서 어떠한 패권을 유지할 수 있는 능력은 고갈되었으며, 장기적으로 회복될 가능성도 낮다는 것은 누가 보아도 알 수 있는 사실이었다.

사회는 점차 보수화되어 가고 있었으며, 전족(纏足)이 여러 지역에서 새로운 풍습으로 유행하고 있었다. 정민은 별 감흥 없는 눈으로 말을 타고 가고 있는 주희의 뒷모습을 보았다.

그가 주장한 성리학 또한 이런 사회적 배경하에서 탄생한 것이었다. 제국으로서의 영광을 상실하고, 오로지 농업 생산력에 기대 보수적이고 가부장적인 질서를 통해 사회를 통제하고자 하는 시대적 분위기가 바로 그것이었다.

'인구는 중요하다. 하지만 단순히 머리 숫자가 아니라 질을 높여야 할 것이다.'

정민은 끊임없이 광활하게 펼쳐져 있는 농경지를 보면서 그렇게 생각했다. 정민의 봉토(封土)는 넓어보아야 한반도 동남쪽 끄트머리에 면한 여러 고을뿐이었다.

유구를 평정하고 세력권으로 삼아도 도저히 넓다고 할 수 없었고, 인구는 앞으로도 백만을 넘기는 힘들 것이었다. 고려 전토의 인구를 호적에 등록되지 않은 자들까지 모두 셈해도 오백만을 넘기 어려울 것이다.

남송 같은 경우는 수천만의 인구를 자랑하지만, 훨씬 수가 적은 여진족을 막지 못했고, 실제 역사에서도 몽골의 공세를 금나라도, 송나라도 견디지 못했다.

전근대에서 인구는 곧 국력이라는 말이 사실이었다. 그러나 정민은 여기서 인구를 통한 경쟁으로는 승부를 볼 수 없었다. 한 사람이 땅에 붙들려 살아야 하는 농민보다 서너 배의 생산력을 가지게 하는 것이 관건이었다.

그것은 오로지 무역을 통해 국부를 늘리고, 기술을 개발하여 생산력을 높이고, 군대 또한 한 명의 정병이 창과 활로 무장한 열 명의 농병(農兵)을 상대하게 만들 때에 가능한 것이었다.

쉽지 않은 일이긴 했다. 그러나 수십 년을 내다보고

그러한 미래를 실현시켜야만 했다. 그러기 위해서는 남송 황제에게 굴신하는 것 따위는 아무것도 아니었다.

'고려로 돌아가면 크게 문젯거리가 되겠군.'

장산국의 이름으로 임안에 들어가서 남송 황제의 책봉을 받았다는 사실을 영영 알려지지 않게 막을 방법은 없었다. 그리고 그것이 알려지는 순간, 정적들이 일제히 그것을 명분 삼아 정민을 공격할 것이다. 그러한 상황에서 고려의 황제이자 자신의 장인이 그것을 막아줄까?

'아니다.'

정민은 회의적이었다. 어쩌면 돌이킬 수 없는 강을 건너게 될 수도 있었다. 그러나 정민은 그다지 두렵지는 않았다. 낙동강과 양산 일대의 산지를 방어선으로 삼아서 총과 포로 저항할 수 있었다.

또한 고려의 수군은 적어도 바다에서는 정민의 함대에 상대가 되기 힘들었다. 선체의 크기를 보아서도 그렇고, 이쪽에서는 함재포(艦載砲)를 선적할 것이나 저쪽에는 마땅한 자구책이 없다는 것에서도 그랬다. 크게 충돌하지 않기를 바랄 뿐이나, 만약 그러한 때가 온다면 정민은 고민하지 않을 것이다.

'필요하다면 금 황제에게도 책봉을 받고, 고려 황제에게도 다시 책봉을 받을 것이다. 독립적으로 정치적 영역을 만들어서 굳건하게 지키지 않으면 안 된다.'

사대를 하고 책봉을 받는 것은 명분상의 일이다. 중요한 것은 내부적으로 외부의 어떠한 정치권력에 의해서도 간섭을 받지 않는, 독자적인 영역의 확보가 중요했다.

이제 그것을 삼분지 이는 실현했다. 그것을 완성하는 데에 있어서 어떠한 도전도 정민은 피할 생각이 없고, 피할 수도 없었다.

'남송에서 일이 이렇게 커질 줄 예견하지 못한 것은 내 잘못이긴 하지만.'

정민은 옆에서 말에 올라 있는 조인영을 힐끔 보았다. 그녀는 며칠째 복잡한 심경인지 말이 없었다. 그러나 심경이 복잡하기는 정민도 매한가지였다.

왜 신분에 대한 중요한 정보를 미리 알려주지 않았는지, 또 정민 자신은 왜 완전히 그것을 파악하지 못했는지 후회스러웠지만, 이 상황에서 그것을 물고 늘어지는 것은 의미 없는 일이었다.

"편지가 잘 당도해야 할 텐데."

정민은 멀리 어슴푸레 강 너머로 보이는 임안부(臨安府)의 성벽을 보며 중얼거렸다. 천주에서 길을 오르기 전에 사람을 시켜 한글로 쓴 편지를 개경으로 보내었다. 부친 정서가 보고 필요하다고 생각하는 대처를 미리 해 주기를 바라는 마음에서였다.

혹여 누가 중간에 가로채더라도 한글로 쓰였으니 그 내용을 짐작도 하지 못할 터였으나, 도착하지 못한다면 할 수 있는 대비를 못하게 되는 것도 사실이다. 편지가 잘 도착하기를 바라는 수밖에 없었다.

정민이 임안에 당도하였을 때는 이미 황제의 선위(禪位)의 뜻을 담은 조칙이 전국 모든 고을에 파발로 보내진 뒤였다. 그것은 실제로 황태자 조신의 즉위가 금명간에 이루어질 것이라는 공식적인 선언이었다. 날짜는 길일을 택하여 10월 초하루로 잡혔다.

정민은 사절들이 머무르는 객관으로 안내되었고, 주희는 그 뒤로 사흘간 얼굴을 비추지 않았다. 사흘 뒤에는 송 조정에서 관리들이 나와 조인영을 궁중으로 불러갔다.

정민은 내심 저들이 일의 진행을 따로 협상하지 않고

제멋대로 처리하는 것에 불만이 생겼으나, 지금 들어와 있는 곳이 남송의 국도(國都)라는 점을 상기하며 참았다. 개도 남의 집 안마당에서는 안 짖는 법이다.

대신에 정민은 오저군, 김부, 연유린 등과 함께 임안의 저잣거리로 나갔다. 다행스럽게도 객관에서 접대를 맡은 관리들은 그들이 밖으로 나서는 것을 제지하거나 하지는 않았다. 만약에 그랬다면 주희에게 사람을 보내 단단히 따져 물으려고 했던 정민은 다행이라고 생각했다.

때마침 임안은 중추절(仲秋節)이라 떠들썩했다. 그렇지 않아도 명절이라 도성 전체가 들떠 있는데다가, 도성의 동쪽에 위치한 전당강(錢塘江)에 밀려오는 조수(潮水)의 구경으로 사람들이 생업도 중지하고 몰려 나간 모양이었다.

묘자두(廟子頭)에서 육화탑(六和塔)에 이르기까지 조수가 밀고 나는 것이 잘 보이는 자리에는 고관대작들과 거부들이 아주 전세를 내고 자리를 잡아 연회를 벌이며 이것을 구경하고 있었고, 돈이 없는 자들은 강가 둔덕에 앉아서 술병과 간단한 주전부리를 놓고 장관을 기대하며 왁자지껄하게 떠들고 있었다.

"이렇게 번창하고 사람들이 부유한데 어째서 여진에게 패하고 남쪽으로 밀려났는지 의문스럽습니다."

바다 바깥으로 처음 나와본 김부는 그런 풍경이 이상하게 여겨지는 모양이었다. 그도 그럴 법한 것이, 당대 남송의 재부(財富)는 세계에서 가장 으뜸가는 것이라 해도 과언이 아니거니와, 그 도읍이 바로 임안이었다. 바로 몇 년 전의 금나라 해릉양왕의 대대적인 침입으로 전란을 크게 겪은 뒤라고는 생각이 안 될 정도였다.

"오면서 보지 않았는가, 임안의 이 번창함이 누구의 뼈를 묻어가며 만들어진 것인지."

"과연 그렇군요."

정민의 말에 김부가 고개를 끄덕였다. 비단 남송만의 문제는 아니지만, 수천만의 농민들이 생산해 내고 남은 잉여 위에서 이렇게 화려한 문화를 꽃피우는 것은 그 나라의 국력이 그만큼 강대함을 보여주는 것이기도 하지만, 그 재부의 분배가 고르지 못함을 보여주는 일이기도 했다.

정민 일행도 전당강 인근의 4층짜리 여각의 가장 윗층을 빌려서 문을 활짝 열어두고 강을 내다보며 앉았다. 얼

마 지나지 않아 조수가 밀려들기 시작하는데, 강물이 용
솟음치듯이 일어나며 오르는 것이 큰 바다에서 너울 치
는 것에 못지않았다. 저절로 감탄이 나오지 않을 수 없을
정도였다.

일찍이 소동파(蘇東坡) 또한 읊기를……

하늘 위의 달이 둥그렇게 되고
서리 바람이 일어서 아흐레간 차가운데
말하오, 중문(重門)을 열어두기를 그치지 말라고
밤에 밀어치는 조수를 달빛 아래에 보고자 하니

만 명이 북을 치고 소리를 쳐 오나라를 떨게 하고
왕준(王濬)이 장강에 노련히 떠올라 있는 듯하구나
조수의 높이를 어찌 헤아릴꼬?
월산(越山)이 마치 물거품 속에 떠오른 모양이도다

강가의 몸은 세상과 홀로 떨어져
창파(滄波)와 더불어 머리가 새도록 늙고자 하니
조물주도 사람이 쉽게 늙는 것을 알아

부러 동쪽으로 흐르는 전당강 물을 서쪽으로 되돌리네

오나라 아이들은 자라나서 물과 친하여
명리(名利)를 위해서는 목숨도 가벼이 여기네
동해(東海)도 우리 성군의 생각을 헤아린다면
필히 바다도 뽕밭으로 만들었을 터인데

강의 신도, 하백도 모두 벌레와 같고
바다의 신 해약이 동쪽에서 와 무지개를 토하네
부차의 용맹한 물소 갑옷 입은 병정을 얻는다면
삼천의 화살을 얻어 조소를 가라앉힐 터인데

定知玉兎十分圓,　已作霜風九日寒.
寄語重門休上鑰,　夜潮留向月中看.
萬人鼓噪駭吳儂,　猶似浮江老阿童.
欲識潮頭高幾許,　越山渾在浪花中.
江邊身世兩悠悠,　人與滄波共白頭.
造物亦知人易老,　故教江水更西流!
吳兒生長狎濤瀾,　冒利輕生不自憐.

東海若知明主意, 應教斥鹵變桑田.
江神河伯兩醯雞, 海若東來氣吐霓,
安得夫差水犀手, 三千强弩射潮低.

이 간조(看潮)라는 조수구경의 풍습 때에 임안의 젊은
청년들이 붉은 깃발을 들고 나무판자 위에서 들어오는
조수를 타고 물놀이를 하는데, 소식이 오나라 아이들이
목숨을 가벼이 여긴다고 읊은 것이 이 때문이었다.

과연 몸에 문신을 하고 웃옷을 벗어젖힌 채로 젊은 청
년들이 들어오는 물 위에서 마치 서핑을 하듯이 물을 타
는 것을 보니, 과연 장관이었다.

"젊은 아이들의 솜씨가 좋습니다."

오저군이 감탄해 마지않으면서 말했다. 정민도 과연
동의하지 않을 수 없었다.

해가 질 무렵까지도 놀이는 지치지 않고 이어졌는데,
밤이 되자 이내 추석 달 놀이로 이어졌다. 전당강의 주변
뿐 아니라, 서호(西湖)에 면한 풍치 좋은 곳, 그리고 임
안의 시장 거리 할 것 없이 온통 술판이었다.

본래 조정에서는 밤이면 장사를 금하곤 했는데, 이날

만큼은 그것도 예외였다. 해가 뜨기 직전인 오경(五更)에 이르기까지 장사꾼들이 좌판을 크게 열어 술과 음식을 팔고, 달구경하는 사람들이 저잣거리로 몰려나와 먹고 마시며 풍광을 즐겼다. 순찰을 맡은 도성의 나졸들도 경계를 그만두고 함께 놀고 즐길 정도였다.

정민 일행도 자리에 앉아 밤늦게까지 달도 구경하고 술도 즐겼으나, 눈과 귀는 달에 가 있지 않고 사람을 향해 있었다. 오저군은 연유린과 함께 중간 중간 저잣거리로 나가 들고 나는 소문들을 모아 돌아오곤 했다. 다만, 김부만이 그저 처음 보는 장관이 혼란하여 넋을 빼고 있었는데, 정민은 그런 그에게 넌지시 말했다.

"김 공, 바다 바깥에 나와보니 어떻소?"

"이런 세상을 몰랐다면 그저 고려 산골 촌구석에서 평생을 조정에 출사하겠다고 아등바등거렸으리라 생각하니 깜깜하기 짝이 없습니다. 천주도 그렇지만, 임안이야말로 진짜 장관이옵니다."

"세상을 보는 눈을 틔우고 식견을 기르시오. 앞으로 동래의 번창함도 이에 못지않을 것이오."

정민은 나중에는 동래가 임안은 우스울 정도로 번창하

는 항구가 되게 할 자신이 있었다. 그러나 그것은 어디까지나 그의 마음속에 품고 있는 것. 아마도 이 시대의 사람이라면 임안 이상의 번창함은 상상조차 하기 어려울 것이었다. 그 말만으로도 김부는 감복을 하였는지 결의 가득한 표정으로 고개를 끄덕였다.

"저도 당장 한어를 배우고 배도 끌어보겠나이다. 앞으로 주군께서 하실 일에 어떤 식으로든 도움이 되고 싶습니다."

"지나치게 서두르지는 말고, 다만 내가 그리는 그림이 고려의 구습과는 맞지 않음만을 유념하시오. 거기에 적응해서 그 뜻을 아래에 관철할 수 있는 정도면 일단 충분하외다."

"마땅히 그리하겠나이다."

김부는 정민이 따라 주는 술잔을 받으며 그렇게 다짐을 했다.

다시 며칠이 지나서 주희가 찾아와 황제의 즉위식에 참여할 준비를 하도록 부탁하며, 그때에 책봉이 있을 것을 알렸다. 입조(入朝)를 하러 온 여러 사신들 가운데에서 가장 앞에 자리하게 될 것이라는 것도 알려주었다.

주변 나라들 가운데에서 큰 나라인 고려나 서하는 모두 금나라에 입조하여 송에는 축하 사절도 보내지 않고 있으니, 남송으로서도 자존심이 상하는 일이었다. 그래서 이번에는 장산국을 앞세워서 그 위신을 좀 살려보겠다는 속셈이었다.

그 정도 정치 놀음에 맞춰주는 것이 어려울 일은 아니었다. 다만, 그 후과를 온전히 정민이 책임져야 하는 것이 문제였다.

그러나 딱히 지금으로서는 대안도 없고 하니, 어서 즉위식이 지나가기를 바라는 수밖에 없었다.

9월 초하루가 되자 임안의 황성 정전은 문무백관으로 가득 차서 새 황제의 등극을 축하했다.

즉위식 자체는 어마어마한 규모긴 했으나 특별한 점은 딱히 없었다. 다만, 그 의식과 전례에 있어서 황제로서의 권위를 돋보이게 만들기 위한 여러 가지 장치들이 있었다.

예컨대, 이번 즉위식에 있어서 금나라에서는 축하 사절을 따로 보내지 않았는데, 그것은 남송의 강력한 요청이 있었기 때문이다. 해릉왕의 침공 이후, 극적인 강화 뒤에 세공(歲貢)이라 불리던 남송이 금에 바치던 폐물을 세폐(歲幣)라는 이름으로 고쳐 속국이 상국에 보내는 공물이 아니라는 점을 명확히 하였으나, 여전히 금나라 황제의 칙서를 모신 사절이 당도하면 남송 황제는 앉아서 이를 받지 못하고 일어나서 받아야만 했다. 이러한 수모를 새 황제의 즉위식에서 겪을 수 없으니 일체의 축하를 사절한 것이다.

자존심을 세우려고 드는 남송이나, 대내적으로 황제를 자처하고 연호까지 선포한 고려의 입장에서 현 금나라 황제 완안옹이 국내 정책에 힘을 쏟고 있는 것은 다행이라면 다행인 일이었다.

그러나 그것이 마무리되었을 때, 완안옹이 이러한 일들에 대해서 입을 닫고 있지 않을 것은 분명했다. 그전에 남송으로서는 새 황제의 권력 기반을 단단히 다져야 했고, 고려도 사실상 서하(西夏)나 남송처럼 금나라의 영향을 수용하되, 대내적으로 황제국의 제도를 완전히 표방할 수 있도록 굳히기에 들어가야 했다.

이러한 일들은 정민과도 무관하지 않았다. 그는 기껏

해야 경상진주도 동남방의 여러 고을들을 세습지로 받은 현백(縣伯)에 불과했다. 그러나 고려의 임금이 황제를 칭하고 봉건의 제도를 시행하기로 하였기에 이러한 봉지를 가질 수 있게 되었고, 남송에서는 황제의 위신을 세울 조공국이 필요했기에 장산국왕으로 대접 받고 있었다.

금에서는 어떠한가. 금 황제의 등극에 일조를 하였으니 개인적인 연이야 단단하다고 할 수 있겠다. 금나라에서 장사할 수 있는 권리도 받았다. 필요하다면 책봉도 내려줄 것이다. 사실상 삼중의 책봉을 받아 외교적 안전을 도모하게 되는 것이다.

"……이에 전례를 본받아 그대를 장산국왕으로 진봉하고 수겸공신(守謙功臣)의 칭호를 더하며, 장산국인(萇山國印)을 하사하며, 검교태위(檢校太尉) 겸 어사대부(御史大夫)와 상주국(上柱國)을 제수(除授)하니, 본조의 번병(藩屛)이 되어……."

즉위 다음 날, 바로 정민에 대하여 장산국왕으로 책봉하는 조서가 내려졌다. 정민은 직접 대전으로 나아가 무릎을 꿇고 이를 받들었다. 남송에 있어서 안남(安南) 다음으로 높은 대우를 쳐서 책봉을 해준 것이었다.

정민뿐 아니라 조인영도 새 황제의 양녀로 들어가 제
국공주(齋國公主)에 봉해지고 정민과 혼인하게 되었다.
그런 다음에도 다시 송나라 조정에서는 보름이 넘게 황
성에 머물 것을 요구했고, 정민은 마음에 들지 않았으나
일단은 그 요구를 물리칠 수 없어 기다렸다.

그렇게 9월하고도 다시 보름이 지나서야 정민은 조인
영과 함께 새 황제를 알현할 수 있었다.

"그대의 이름은 이미 짐 또한 익히 들어 알고 있었으
나, 이리 마주 앉아 보게 되니 각별히 새로운 마음이다.
그대가 친히 입조하여 왔기에 짐이 특별히 국호를 내리
고 왕작에 봉하였으며, 보옥(寶玉)과도 같은 딸을 그대
의 아내로 삼게 하였으니, 그대는 이제 본조의 부마(駙
馬)이자 번국의 임금 된 신분으로 위로는 짐에게 부끄러
움이 없이 할 것이며, 아래로는 백성을 잘 위무하여 변경
을 튼튼하게 하여야 할 것이다."

이제 삼십 대 후반에 접어드는 황제 조신은 높은 옥좌
위에서 정민을 내려다보며 말했다. 남송의 관복을 입고
입시한 정민은 이런 빤한 요식행위에 진절머리가 났지만,
이미 말려든 일이기도 하거니와, 어찌 되었든 앞으로의

행보에 보험 하나를 들게 되었다는 생각으로 고개를 읊 조렸다. 이참에 원하는 것을 단단히 인정받을 생각이었 다.

"폐하, 신국(臣國)은 옛적 변한(卞韓)의 족속이요, 고 려(高麗)에 복속하여 있으나, 오늘날에 이르러 옛 가야 국(伽倻國)을 계승하고 유구를 속국으로 거느리며, 일본 과 탐라로 부터 납공(納貢)을 받게 되었나이다. 신국이 오늘날 번창하는 것은 모두 대송(大宋) 천자의 성덕이 있었기에 가능한 것이었나이다. 이렇게 조칙을 내려 책 봉을 주시고 폐하께 감히 칭신(稱臣)하고 부마로 삼아주 셨으니, 만세에 걸쳐도 갚을 수 없는 깊은 성은(聖恩)이 옵나이다."

"그래. 또 짐이 그대를 위해 무엇을 해줄 수 있는 것 이 있겠는가?"

"감히 상주컨대, 신이 신국의 국계(國界)와 그에 면한 바다와 섬들, 그리고 고을들을 자세히 기록한 지도첩을 바치겠사오니, 이 지도에 속한 여러 속국들의 조공을 대 신하여 바칠 수 있게 하여주시고, 폐하의 첩지를 받지 못 한 자들이 함부로 배를 끌고 다니며 해적질을 하는 것을 토평할 수 있도록 허락하여 주시옵소서. 이로써 동해(東海)로부터의 위험을 단단히 방어하고자 하나이다."

"좋다. 그리하도록 하라."

고려는 남송과 국교가 끊어져 있다. 일본도 남송에 입공 사절을 보내지 않는다. 유구는 아직 통일이 되지 않은 상황이었다. 이러한 와중에 아주 지도에 장산국의 영역을 낱낱이 밝히고 인근 국가들에 대하여 우위에 있음을 주장하고자 하는 것이었다.

물론 유구나 대만에 대하여 지배권이 확립된 상황이어서 그러는 것이 아니었다. 일본에게서 납공을 받고 있다는 것도 허풍이었다. 그러나 이것이 남송의 공식적인 인정이 되게 되면 이야기가 달라진다. 정민은 가능하다면 금 황제에게서도 같은 인정을 받아낼 생각이었다.

'적어도 이 정도는 받아내야 여기서 고생한 값은 하지.'

순순히 허락을 해주는 송 황제 조신의 목소리를 들으며 정민은 생각했다. 황제의 목소리는 위엄이 있거나 굳센 기도가 느껴지거나 하는 것은 아니지만, 침착하고 차분했다.

이 시절 역사에 그렇게까지 밝지 않던 정민이 남송 효종(孝宗)이 명군임을 기억할 정도였으니, 적어도 앞으로 그의 치세가 암군(暗君)의 치세는 아닐 것이다.

죽기 전에 회광반조(廻光返照)를 하듯이, 그의 통치 아래에서 남송은 짧게나마 부흥을 이루게 될 것이니, 그와 관계를 잘 맺어두어서 나쁠 것이 없었다.

제44장
전란 전야

1165년 10월 11일.

임안에서의 일들을 모두 마무리 지은 정민은 지체 없이 바로 벽란도로 향했다. 갑작스럽게 벽란도에 등장한 대선(大船) 두 척에 잠시 소란이 있었으나, 양주백의 함선이라는 것을 알리자 이내 진정되었다.

물론 양주백이 가진 엄청난 재산과 함대에 관한 뜬구름 잡는 소문이 개경까지 퍼져 나가는 것을 막을 방법은 없었다. 그리고 지금 상황에서는 그것이 그렇게 나쁠 것도 없었다.

정민은 바로 측근들만 데리고 개경으로 입경했는데, 남송에서 저지른 일에 대한 빠른 수습이 필요하기도 했지만, 그보다도 왕연이 해산한 아이를 하루라도 빨리 만나고 싶기 때문이었다.

"이름을 지어주거라."

왕연에게서 넘겨받은 아이는 아들이었다. 이제 막 백일이 좀 넘은 아이는 젖살이 귀엽게 올라온 잘생긴 놈이었다. 아직 이름을 정하지 않았는지, 옆에서 지켜보던 정서가 정민에게 채근을 했다.

"현(賢), 현이라고 하지요."

"정현이라……. 좋은 이름이다. 이놈이 이제 우리 가문의 동량이로구나. 허허."

정서는 손자를 본 것이 마냥 기분이 좋은 모양이었다. 밤낮으로 들여다보며 좀체 내버려 두지를 않는다고 왕연이 귀띔을 했다.

"현이, 현이 이놈. 할애비를 알아보겠느냐?"

그사이 정민에게서 현이를 가로챈 정서는 다시 팔에 안아 그네를 태우고 있었다. 아이의 까르르 웃는 소리를 들으며, 정민은 왕연의 곁에 앉았다.

"고생했어. 정말."

정민은 왕연의 손을 꼭 잡으며 말했다. 말은 구구절절
하지 않지만, 해산 시에 옆을 지키지 못한 미안함이 마음
속에는 가득했다. 더욱이 앞으로 어쩌면 왕연의 아버지
인 임금과 대립을 해야 할지도 모른다는 것을 생각하면
더 미안해지고 마는 것이다.

"이렇게 돌아오자마자 찾아주신 것만으로도 저는 충분
해요."

왕연이 웃으며 말했다. 그녀는 나름대로 정민의 장자
(長子)를 이번에 생산한 덕에 마음이 한층 편안해져 있
었다. 정민이 남송에서 송 황제의 양녀로 입적된 정인영
을 배필로 맞아 데리고 왔다는 이야기는 들었지만, 그 때
문에 더더욱 안도가 되는 것이었다.

똑같은 황제의 딸이라면, 장자를 낳았으며, 양녀가 아
니라 외동딸인 자신이 더욱 대우 받을 수밖에 없었다. 더
군다나 함께 지내온 날이 몇 해인가. 정민이 그러한 자신
을 홀대하는 것은 왕연으로서도 상상하기 어려웠다. 물
론 그녀로서는 남송에서 벌어진 일의 파급이 어디까지
흘러갈지 알 수 없었다.

'족보 정리도 힘든 일이긴 하겠구나.'

정민은 왕연의 손을 꼭 부여잡은 채로 생각했다. 조인
영은 남송 측에서는 장산국의 왕비(王妃)로 보내진 것이
었다. 왕연은 양산백의 처로 사가로 내려 보내진 것이었
다. 가내(家內)에서야 당연히 왕연이 정실이었다. 그러
나 외교적으로는 여러 가지 문제의 소지가 있었다.

물론 왕건(王建)이 고려 국초에 십수 명의 왕비를 함
께 맞아들인 전례가 있기는 했다. 꼭 송조의 예법을 따라
야 할 필요도 없고, 사실 남송 측에서도 조인영에 대해서
는 찝찝한 돌을 치워 버린다는 느낌이었으니 말이다.

그래도 앞으로 집안 문제뿐만 아니라, 정민 자신의 신
분과 자신의 영지, 혹은 나라의 정확한 자리매김을 어찌
해야 할지 해결할 문제가 산더미 같았다.

물론 그 과정에서 고려의 정적들, 그리고 어쩌면 고려
의 황제와도 대립할 가능성은 차고도 넘쳤다.

"지난 편지는 잘 받아보았다."

저녁 무렵, 정서와 정민은 단둘이 마주 앉아서 반드시
해야 할 심각한 이야기를 나누기 시작했다. 손자를 끼고
서 그저 만족스러운 웃음을 짓던 얼굴은 어디 가고, 정서

의 표정은 심각하게 굳어 있었다.

"조만간 개경에도 사실이 알려지지 않을 수 없습니다."

"발 없는 말이 천 리를 가는 법이지. 나도 그리 생각한다."

정서는 그렇게 말하고서는 어이가 없는지 저도 모르게 웃음을 피식 내었다.

"그래. 네가 장산국왕이라니, 그렇다면 나도 왕으로 추존이 될 것이냐?"

"살아 계신 때에도 상왕(上王)이시지요."

"너무 터무니없어서 뭐라 해야 할지 모르겠다. 생각하기 나름이지만, 이 사실을 우리에게 불리하게 이용하려는 자들에게 있어서는 반역이나 다름없는 것으로 취급될 것이야."

"마땅한 말씀이십니다."

"딱히 대안이 없었겠지? 조인영, 그 아이를 버리더라도 상황이 달라지지 않았겠냐는 말이다."

조금 잔인할 수도 있는 일이지만, 정서라면 조인영 하나를 버려서 상황이 복잡하게 꼬이지 않을 수 있다면 그렇게 하라고 강하게 주문했을 것이다.

"예. 남송에서는 새 황제의 등극에 이용할 거리가 필요했고, 하필 그때에 인영의 신분이 전대 태자의 독녀라는 사실이 밝혀지면서 꼬인 셈이지요. 당초의 목표는 그저 장산국이라는 이름을 걸고 입조해서 독자적으로 무역할 권리를 확보하는 것이었습니다만, 아주 책봉까지 받아버리게 되었으니……. 그러나 만약 응하지 않았다면 남송에서는 일체의 무역을 모두 차단해 버렸을 것입니다. 저희가 바다에서 모으는 재물의 모든 최종 결착지가 송나라라는 사실을 무시할 수는 없겠지요. 송나라와 거래가 끊어지면 당장에 매년 들어오는 수입이 삼분의 일로 줄어들 것입니다."

"그렇다."

"거기에, 금상폐하는 모르겠으나, 김돈중 등과의 충돌은 시일 문제로 피할 수가 없던 것이지요. 다만, 명분 하나 더 실어준 셈이 되었습니다만."

"폐하께서도 꽤나 진노하실 수도 있다."

정서는 내심 마음에 걸리는 것이 그것인 모양이었다. 물론 잘 설득할 여지가 아주 없지는 않았다. 송나라와의 국교는 끊어진 지 오래였고, 연호를 반포하면서 금나라와도 충돌의 여지가 생겼다.

그러나 어디까지나 장산국왕이 고려 황제의 봉신(封臣)임을 내세운다면, 이를 이용해 금과 송 사이에서 고려의 운신의 폭을 넓게 할 수 있었다.

금나라에는 대내적으로만 황제를 칭할 뿐, 여전히 금조에 신속해 있음을 자청하여 의심을 불식시키고, 송나라나 남방의 여러 제국(諸國)과 통교함에 있어서 장산국의 이름을 걸어 유연하게 이용해 먹을 수 있는 것이다. 물론 어디까지나 정민이 협조한다는 전제하에서 말이다.

문제는 모든 것을 떠나서 이것이 황제와 이미 양해가 되어 있는 것이 아니라는 점이었다. 어디까지나 황제 입장에서는 동래정씨가 독단으로 일을 맘대로 키운 것에 지나지 않았다. 고깝게 받아들이자면 얼마든지 고깝게 받아들일 수도 있는 것이었다.

"어찌해야 좋겠습니까?"

"일은 네가 저지르고 꾀주머니는 내가 내란 말이냐? 쯧."

정서는 참으로 어처구니가 없다는 표정으로 대답했다.

"어쩌겠습니까."

"용이 되게 만들겠다고 했더니, 진짜 용좌에 등극하여 왔구나. 그러나 지킬 수 없는 자리라면 소용이 없겠지."

"충돌을 각오한다면, 뭍과 바다에서 모두 저들을 패퇴시키는 것이 가능합니다."

"지나친 과신이 아닐까?"

"총포(銃砲)와 거함(巨艦)의 위력을 모르셔서 그렇습니다. 더욱이 지금 고려의 전마(戰馬) 가운데 팔 할이 절영도에서 공급되는 것을 아십니까?"

"그러냐?"

정서는 처음 듣는 이야기라는 듯 깜짝 놀라 되물었다. 말은 그만큼 중요한 전략 병기였다. 작정하고 말의 공급을 조절하거나 차단해 버리면, 이쪽은 기마병을 마음껏 운용할 수 있는 반면 동래를 공격해야 하는 쪽에서는 전마의 죽음이 직접적인 손실로 이어질 것이었다.

"묘청의 꼴이 날까 봐 적잖이 두렵다."

"고려를 뒤집어엎는 것은 불가능합니다. 그것을 목표로 하지도 않습니다. 그러나 동남 삼주(三州)를 지켜내는 것은 충분히 가능합니다. 시간이 길어질수록 유리한 것은 저희가 될 것입니다. 바다에서 막을 수 없으니 무역은 여전히 열려 있을 것이요, 식량이고 재물이고 계속해서 들여올 수 있습니다. 반면에 개경의 창고는 갈수록 고갈되어 갈 것이요, 김돈중 등이 사병으로 할 수 있는 일들에도 한계가 있겠지요."

"흐음……."

수긍이 되는지 정서가 고개를 끄덕였다. 정민은 그런 아버지에게 말을 재차 이었다.

"물론 절대로 저희가 먼저 경거망동을 해서는 안 됩니다. 결정은 저들이 하겠지요. 폐하께서 무리수를 두시더라도 저희로서는 막을 수도 없고, 방법도 마땅찮습니다. 다만, 미리 폐하께 고변을 해두어 변명거리라도 만들어놓는 수밖에요. 하지만 언제 무슨 일이 들이닥치더라도 바로 맞설 수 있도록 준비는 단단히 해두어야 할 것입니다."

"그렇잖아도 편지를 받자마자 벽란도에 있는 재물들을 일부만 남기고 다 동래로 옮기도록 지시를 해두고, 이곳에서도 최소한의 가솔들만 남기고 우리가 쓰는 사람들을 모두 동래로 보내었다. 이제 우리만이 남았구나. 물론 저들에게 괜한 의심을 사서는 안 되니 건물이나 전답을 팔지는 않았다."

"잘하셨습니다."

"폐하께는 누가 아뢰랴?"

"제가 직접 다녀오겠습니다."

"괜찮겠느냐?"

"결자해지를 해야지요."

정민의 말에 정서가 낮은 신음으로 대답했다.

"잘되어야 할 것인데……."

"지금 그걸 말이라고 하나!"

사흘 뒤, 개경의 황궁으로 들어가 황제를 배알했을 때, 정민이 고한 내용에 대해서 황제는 분기를 숨기지 못했다.

"그대 마음대로 송에서 책봉을 받아 왕을 칭해? 지금 그걸 짐의 앞에서 말이라고 고변하는 건가?"

황제의 얼굴이 붉으락푸르락했다. 정민은 최대한 동요

없이 황제의 분기를 담담히 받아내고 있었다.

"불가피하였습니다. 폐하께서 노여우시다면 신을 지금
이 자리에서 반역죄로 잡아들여 목을 베소서. 그러나 그
렇지 않으시다면 저에게서 지금 송 황제의 조칙과 장산
국왕의 인을 받아서 폐하께서 뜻한 일에 쓸 수 있도록 하
소서. 신은 어디까지나 장산국왕이 아니라 폐하께서 봉
하신 양주백으로 이 자리에 나왔나이다. 한 번도 감히 왕
으로 자임하고자 한 바 없사옵니다."

정민의 말에 임금은 털썩 주저앉으며 깊은 한숨을 몰
아내었다.

"짐이 용의 새끼를 키웠구나."

"……."

"짐이 그대를 지금 반역죄로 잡아들이면? 짐에게는 지
금 돈도 없고, 사람도 없느니라. 그런데 어떤 병력을 움
직여 그대의 가산을 몰수하고 동래를 손에 다시 넣을 것
이며, 그 후과는 짐이 어찌 감당할꼬? 아주 짐의 목에
족쇄를 채웠구나. 그래, 김돈중을 움직여 그대를 잡아 칠
수 있겠지. 그리고 그다음은 김돈중의 천하가 되겠구나.
짐의 손발을 다 묶어둔 다음에 이런 일을 벌여 오면, 짐

은 이렇게 분노하면서 삭이는 수밖에 없지 않느냐."

고려 황제 왕경은 바보가 아니었다. 그랬으면 이 자리까지 올라오지도 못했을 것이다. 일찌감치 형인 폐주와 견주어서도 훨씬 훌륭한 왕재로 이름이 나 있던 사람이었다. 그러니 사용할 수 있는 패와 사용할 수 없는 패 정도는 분별할 줄 안다. 화가 나도 인내하는 데는 도가 튼 사람이었다.

정민은 짧은 순간에 그다음의 수를 고려한 다음에 화를 가라앉히는 황제를 보면서 안도의 한숨을 내쉬었다.

"그렇다고 해서 짐이 그대를 가만둘까?"

황제의 되물음에 정민은 대답을 쉬이 하지 못했다.

"짐도 그대를 장산왕에 책봉하도록 하지. 거절을 해서는 아니 되고, 거절할 수도 없을 것이네. 그리고 짐은 고려 전토에 짐이 원하지 않게 겁박을 받았다고 소문을 낼 것이야. 이 말을 미리 알려주는 뜻을 알겠는가?"

앞으로 어떠한 경우에도 보호해 주지 않고 명분만 챙기겠다는 이야기였다. 그리고 정민에게 역신(逆臣)의 자질이 있다는 소문이 돌게 하여 정민을 공격하고자 하는 이들에게 명분을 세워주겠다는 이야기였다.

"이 정도만 해도 많이 양보해 준 것이다. 그걸 모르진 않겠지? 그리고 무슨 일이 있어도 그대가 그대의 땅을 지켜낸다면, 그 세자(世子)는 반드시 내 딸에게서 난 그대의 장자가 되어야 할 것이며, 그 세가(世家) 또한 마땅히 그 자손들이 이어야 할 것이다. 그리고 아이가 자라나면 반드시 일 년 가운데 절반은 개경에서 보내도록 하고, 그 배필 또한 황실 안에서 들여야 할 것이다. 이것이 과한 요구라고 하지는 않겠지?"

"마땅한 분부시옵니다, 폐하."

"짐이 이 정도에서 그대에게 혜택을 베풀어주는 것은, 그간 그대와 그대의 가문에 짐이 진 빚이 많기 때문이거나 그대가 부마도위여서도 아니다. 왜 그런지 아는가?"

"……."

"그대가 짐이 앉아 있는 지금의 자리를 노릴 생각이 전혀 없거니와, 개경의 일에는 안중도 없기 때문이다. 그대는 이미 고려 땅에서의 일은 관심이 없어 보인다, 이 뜻이네."

황제의 판단은 옳았다. 정민은 고려 땅에서 권력을 다투는 일에는 관심이 없었다. 그간 고려의 정치에 깊숙이 개입되어 있던 것은 단순히 자신이 운신할 수 있는 폭을 만들어내기 위한 것에 지나지 않았다.

그리고 그것이 어느 정도 달성된 지금, 사실 고려 땅에서의 정쟁 따위는 알 바 아니었다. 역설적으로 그 사실이 황제의 두려움을 불식시켜 준 것이었다.

"나는 이제부터 김돈중 등을 중용할 것이네. 그리고 그대와 그대의 부친은 조정에서 관직을 얻지 못할 걸세. 그리 알았으면 이제 책봉 조서를 받아서 그대의 조막만 한 동래 땅으로 사라지게."

그러나 황제의 노여움은 아마 평생 가시지 않을 것이었다. 그는 모욕을 당했다 생각하고 있었다. 다만, 황제가 정민을 잡아서 주리를 틀지 않는 것은, 그의 정치적 판단력 덕분이었다.

"성은이 망극하옵니다, 폐하."

정민은 정중하게 구배를 올리고 대전에서 물러났다. 채 하루가 지나지 않아, 고려 황제가 정씨 가문에게 분봉된 삼주(三州)를 묶어서 장산왕(萇山王)의 식읍으로 삼고 정민을 장산국왕에 책봉한다는 조칙을 내렸다.

바로 다음 날에는 정서의 관직이 삭탈되었다. 그리고

다시 며칠이 지나지 않아서 도성 전역에는 정민이 황제를 겁박하여 장산왕의 작위를 받아냈다는 소문이 번져 나갔다.

그로부터 한 달이 지나가기 전에 김돈중이 팔천의 병력을 이끌고 개경에 입경(入京)하였다. 뿐만 아니라 정중부(鄭仲夫)와 같은 이들도 제각기 사병을 이끌고 개경으로 들어오기 시작하였다. 마치 그러한 일이 언제고 일어나기만 기다렸다는 듯이 말이다.

정민은 황제로부터 장산왕에 책봉되자마자 주저 없이 정서와 왕연, 그리고 아들 정현과 모든 가솔을 이끌고 바로 벽란도를 통해 동래로 내려갔다. 동래로 내려오는 동안 왕연은 심경이 매우 복잡하여 선실에 틀어박힌 채 정민과 말을 섞지 않았다. 동래로 내려오기 직전에 태후와 황제에게 불려가서 무슨 이야기를 들었을지를 생각하면 당연한 일이었다.

그녀에게 지금 이 순간에도 웃으면서 무조건적으로 남편을 편들라고 한다면 고약한 노릇이다. 더군다나 태후와 황제의 앞에서도 자신을 옹호했을 왕연이다. 그 사실을 누구보다 잘 아는 정민이었다. 그녀가 중간에 위치해서 받고 있을 심적 고통을 무시하고 아내 노릇을 하라고 요구하는 것은 사람이 할 짓이 못 되었다.

'미안하게 되었어. 하지만 지금 몰아치는 파도만 넘어가고 나면 전에 없던 태평성세 가운데서 남은 세월 복락을 누리게 될 것이니 조금만 참아주오.'

정민은 황해 바다에 물결치는 너울을 보며 하고 싶은 말을 삼켰다. 그의 머릿속으로 임안에서 보았던 전당강 조수 위에서 파도 타는 젊은이들의 모습이 문득 스치고 지나갔다. 누군가는 용케도 그 너울을 잘 탔으나, 누구는 그 물길에 삼켜져서 다 불은 주검이 되어서 떠올랐다고도 했다.

그 차이는 다른 것이 아닐 것이다. 제가 할 수 있는 역량을 잘 알고 자신 있게 오른 자와, 제 능력을 과신하고 만용을 부린 자의 차이일 것이다.

정민은 지금 자신이 만용을 부리는 것이 아닌가 곰곰이 점검해 보았다. 그러나 충분히 이 정도의 고비는 넘어가고도 남을 수 있다는 자신감이 있었다. 그것은 만용이 아니었다. 오히려 예전에 금나라에서 부렸던, 사기에 가까운 외교 같은 것이 도박에 가까운 것이었다.

지금은 아직 많이 부족하고 성에 안 차지만, 언제든 군선으로 전용할 수 있는 수십 척의 상선이 있고, 언제든 일본 등지에서 식량을 들여올 수 있는 자금이 있으며, 원시적인 수준이긴 하지만 총과 포가 있었다.

더군다나 군마를 사실상 독점하고 있는 것은 아주 큰 이점이었다. 만약 김돈중 등이 병력을 일으켜 역도를 토평한다는 핑계로 동래를 치러 오면, 황제는 독려하지는 않겠지만 그것을 막지도 않을 것이다.

그러나 설사 그들이 수만의 병력을 이끌고 온다손 치더라도 그 무장의 질이나 기병의 비중을 생각한다면, 그들은 결코 낙동강을 넘지도, 바다를 봉쇄하지도 못할 것이었다. 절대적으로 병력의 수가 적다고 하더라도 이것을 막지 못한다는 것은 어불성설이었다.

"필요하다면 무엇인들 못하겠는가. 내게 필요한 영역만 굳힌다면 더는 고려 땅에는 관심도 두지 않을 것이다."

정민은 다짐했다. 고려 황실과는 앞으로도 대대손손 엮여 들어갈 수밖에 없겠지만, 더불어 개가 닭 보는 것 같은 사이가 될 수밖에 없었다. 그러나 그 정도 거리가 가장 적당했다.

장산국이 나아가야 할 방향은 대륙이 아니다. 어디까지나 바다였다. 영토를 넓히는 것도 그것이 무역에 용이하고 해로를 지배할 수 있는 지점이 아니라면 전혀 의미가 없었다.

"이제 황제 폐하의 책봉 조서를 받들어 장산국의 왕부(王府)를 열고 양주(梁州), 금주(金州)와 울주(蔚州)의 삼주와 유구(琉球)를 합하여 국토로 삼고 종묘와 사직을 세우니 제신들은 삼가 받들라."

이제 장산국의 왕부가 된 해운대 본전(本殿)에서 정민은 신료들을 모두 불러 모으고서 장산국의 성립을 선포했다. 정민은 국토에 포함되는 땅으로 울주와 유구도 언급하고 있었는데, 울주는 기존에 영지로 사여 받은 땅이 아니고, 유구는 아직 지배권이 확립되지 않은 상황이었다.

그러나 정민은 이 땅들을 자신의 세력권으로 사실상 확정 지어놓은 뒤였다. 울주 헌양의 김부(金富) 등이 이미 내속해 왔거니와, 장기적으로 울주까지는 경영해야

기본적인 경제적 기반을 확실히 할 수 있다는 계산에서였다.

더불어 자신들을 공격해 오고자 벼르고 있는 자들에게 더욱 명분을 주기 위한 속셈도 있었다. 어차피 한 번의 결전으로 귀착을 봐야 할 일이었다. 이길 것이라 장담하는 싸움에서 판돈을 늘려서 나쁠 것은 없었다.

"천세, 천세, 천천세!"

제신(諸臣)들이 몸을 깊숙이 숙여 명을 받들었다.

정민은 일단 관료제를 뿌리 내리기 전에 단순한 형태로 육조(六曹)를 만들고, 여기에 각기 신료들을 임명했다. 먼저 이조판서(吏曹判書)에는 하두강을, 예조판서(禮曹判書)에는 김유회를, 병조판서(兵曹判書)에는 정명해를, 공조판서(工曹判書)에는 오저군을, 형조판서(刑曹判書)에는 김부를 임명하고, 호조판서(戶曹判書)는 일단 궐석(闕席)으로 두고 하두강이 겸직하도록 하였다.

의정부(議政府)도 열어 관직상으로 삼정승(三政丞)을 두도록 하였는데, 다만 여기에도 정승의 자리는 궐석으로 두고 때가 되면 자리를 채우기로 했다.

기존 향리(鄕吏) 출신의 호장들에게도 각기 벼슬을 사

여하고, 시습당(時習堂)을 졸업한 이들을 바로 육조에
각기 배속시켜서 일을 하도록 만들었다. 이렇게 벼슬을
받은 이들이 총 108인이었다. 더불어 정서를 상왕(上
王)으로 추대하고 사실상의 정승 노릇을 맡겼다.

이와 함께 왕연, 다르발지, 조인영을 각기 왕비(王妃)
로 봉하고, 왕연에게서 난 정현을 세자(世子)에 책봉했
다. 다만, 암묵적으로 왕비들 가운데 으뜸으로 사실상의
중궁전(中宮殿)을 차지한 것은 왕연이었다.

세자를 생산한데다가 고려와의 관계를 생각하면 왕연
에게 조금 더 우대를 해주는 것은 어쩔 수 없었다. 내명
부의 기강을 잡기 위해서라도 반드시 필요한 일이기도
했다.

때마침 정민의 지배에 저항하던 함안 조씨도 결국 봉
쇄에 못 이겨 저항을 포기하고 내속하여 왔기에 받아들
이고 벼슬을 주었다. 다만 조씨 집안이 더 이상 함안에
세거하는 것은 허락하지 않고, 동래로 들어와 벼슬을 살
도록 만들었다.

더는 저항할 여력도 없던 함안 조씨는 이를 받아들였
다. 다만, 사태를 이 지경까지 오게 만드는 데 큰 역할을

했던 조기응은 모든 권리를 삭탈하고 국경 밖으로 추방하였다.

정민은 마지막으로 군제의 정비와 교육제도를 고치는 일에 착수했다. 5년제의 의무교육을 강제하도록 하고, 기존의 군현(郡縣)마다 하나씩 두기로 했던, 앞으로 5년에 걸쳐서 취학 대상이 되는 16세 미만의 아동들의 수가 천 명이 될 때마다 학교를 하나씩 설치하도록 했다.

이 학교의 이름은 소학교(小學校)라 하였다. 그리고 의무는 아니나 그 뒤에 4년 과정의 중학교(中學校)를 군현마다 하나씩 두게 하고, 마지막으로 기존의 시습당의 이름을 바꾸어 다시 4년 과정의 대학교(大學校)로 만들었다.

보다 근대적인 교과과정이 확보되기 전, 일단은 절반 정도의 교육은 불가피하기에 기존의 유교 전적들과 한문을 교육하는 데에 할애할 수밖에 없었다. 이 문제는 결국 시간이 해결해 줄 수밖에 없는 것이었다.

교원의 확충도 문제였는데, 소학교의 교원은 특별히 사범중학교(師範中學校)라는 것을 동래에 개설하여 여기서 교육을 마친 자들을 다시 소학교로 보내 교원이 되게 하고, 중학교의 교원은 대학교에서 교원과(敎員科)를 두어 여기서 양성하도록 했다.

이 모든 것이 자리가 잡히려면 앞으로 적어도 10년의 시간이 필요할 테지만, 이미 일부는 제대로 기능하고 있기에 차근차근 시간을 두고 기다리면 될 일이었다.

군제에 관해서도 기존의 의무 복무를 그대로 유지하면서 십인대, 백인대, 천인대 단위로 병력을 조직하고, 만 명을 위(衛)로 삼았다. 그러나 지금으로서는 동원 가능한 병력이 겨우 만 명을 조금 웃도는 수준이었고, 따라서 위를 여러 개 둘 수 없었다.

만 명을 초과하는 여유 병력 일천삼백은 수군(水軍)으로 편재하여 평시에는 선원으로 일하게 하고, 전시에는 수병으로 일하도록 했는데, 선원으로 일하면서 돈을 벌수 있는 대신에 병역 기간은 두 배로 하여 6년으로 삼았다.

육상 병력 1만 명은 다시 여섯 개의 보병 천인대와 두 개의 궁병 천인대, 그리고 두 개의 기병 천인대로 나누었는데, 보병 천인대의 경우에는 기본적으로 도검(刀劍)과 창으로 육상전을 벌일 것을 염두에 두고 있지만, 동시에 언제고 총병으로 사용할 수 있도록 편제되었다.

궁병 천인대들도 마찬가지인데, 기본적 무기는 활이지만, 상시로 포의 운용도 담당할 수 있도록 하였다. 이러한 깔끔하지 못한 편제는 시간이 지나면 역시 해소될 문제이기는 했다.

더불어서 일찍 징집되어 이미 훈련을 꽤 받은 두 개의 보병 천인대와 한 개의 기병 천인대를 차출하여 훈련 삼아 울주(蔚州)로 가서 관인(官印)을 접수해 오게 하고, 울주의 행정을 장악한 다음에 바로 그곳에 주둔하도록 했다.

동시에 한 개의 보병 천인대와 한 개의 궁병 천인대를 낙동강과 면하고 진주로 통하는 요지인 함안에 주둔시켰다. 나머지는 모두 동래 근방에 주둔시켜 두었다. 허용 가능한 병력을 동원하여 국경 일대에 봉화를 쌓도록 하고 사람을 셋씩 두었다.

"몇 달 안으로 이 모든 것이 쓰일 때가 올 것이다."

너무 지나치게 서두르는 것이 아니냐는 주변의 우려를 정민은 일축시켰다. 이미 개경으로 여러 제후들이 병력을 이끌고 상경해 왔다는 이야기가 전해진 뒤였다. 황제의 암묵적 동의만 있다면 이들은 바로 한달음에 동래를 치기 위해 내려올 것이었다.

"한동안은 벽란도에도 상선을 보내지 마라."

불가피한 손실이 있어서는 안 될 일이었다. 이미 벽란도의 전장과 자산도 모두 철수하여 동래로 옮겨온 뒤였다. 그렇게 1165년도 저물고 1166년의 벽두가 밝아오고 있었다.

개경의 황궁.

1166년의 새해 벽두부터 황궁의 대전 앞에는 갑주를 입은 여러 제후가 황제의 알현을 청하고 있었다. 본래라면 새해 첫날을 맞이하여 황제가 제후와 문무백관을 거느리고 조회(朝會)를 열어야 할 터인데, 제후들 가운데 으뜸이라고 할 수 있을 장산왕은 개경으로 입경조차 하지 않았고, 일반 문신들은 보이지도 않았다.

패검(佩劍)을 한 채로 황궁에 들어와 있는 제후들 가운데에 가장 앞자리에는 김돈중이 서 있었다. 그는 한 시진이 넘도록 그 자리에 꼼짝 없이 서서 황제가 얼굴을 비치기만을 기다리고 있었다.

아직 겨울이 물러가지 않아 살을 에는 바람이 송악산을 비껴 개경에 불어치고 있었다. 손마디를 움직일 때마다 감각이 사라지는 기분이었으나, 김돈중을 비롯한 제후들은 꼼짝도 하지 않았다. 그의 뒤로는 익령후 김돈시, 영암후 이공승, 창주자 이의민 등이 시립하고 있었다. 모두 김돈중과 뜻을 함께하기로 한 이들이었다.

대전으로 이어지는 연도(沿道) 반대편에는 또 한 무리의 사람들이 있었는데, 곡주백 정중부를 위시한 무신들이었다. 그들은 지난 정변 이후의 논공행상에 불만을 잔뜩 가지고 있었고, 더불어 황제가 의도적으로 무신들을 장악하기 위해 밀어주고 있는 이고(李高)를 마뜩찮아 하는 자들이었다.

그들은 이참에 명백한 공훈(功勳)을 세우기를 바라고 있었고, 정중부는 정중부대로 숙적이나 다름없는 김돈중에게 밀릴 수 없거니와, 중앙 정계에 영향력을 발휘하고 싶은 마음이 컸기 때문에 주저 없이 병력을 이끌고 개경으로 올라온 것이었다.

물론 제후들이 모두 상경한 것은 아니었다. 화주의 문극겸, 박주의 김정명, 탐라의 이작승 등 동래정씨와 밀접하게 정치적 동맹을 맺고 있는 이들은 이 소란에 끼어들지 않겠다는 의사가 명확했다.

나머지 제후들은 모두 몰려와 황제에게 단 하나를 요구했는데, 바로 감히 사직을 능멸하고 국체를 위협하는 동래정씨를 토평하는 칙명을 내려 달라는 것이었다.

"폐하."

결국 제후들의 시위를 외면할 수 없던 황제는 얼굴을 내비칠 수밖에 없었다. 황제가 대전으로 나오자 명주공 김돈중은 성큼성큼 섬돌을 올라가 깊게 몸을 숙이고서는 번쩍이는 안광으로 황제를 오시하며 입을 열었다.

"말씀하시오, 명주공."

황제의 얼굴에는 아무런 표정이 없었다. 잠시 대전 안까지 차고 들어온 그의 검에 시선을 주었을 뿐이었다. 김돈중이 다시 말을 열려고 하던 차, 이번에는 정중부가 궐전 안으로 들어왔다.

그는 다만 황제의 눈치를 조금 보기라도 할 모양인지, 차고 있던 검을 풀어서 대전 바로 밖에 시립한 자기 사람에게 맡기고 들어왔을 뿐이었다.

"폐하!"

"곡주백도 오셨소이까?"

"종묘와 사직이 능멸당했다는 이야기를 듣고 어찌 신하 된 몸으로서 폐하를 돕기 위해 오지 않을 수 있겠습니까!"

뒤늦게 들어와 말을 가로챈 정중부를 김돈중이 매섭게 노려보았다. 그러나 정중부는 그에게는 시선조차 주지 않고 과장된 목소리로 바닥에 철퍼덕 엎드리며 자기 할 말을 계속했다.

"남쪽에서는 감히 왕을 칭한 무리가 준동하고, 개경에는 무릇 제후 된 자들이 거병하여 올라와 폐하께 시위하고 있나이다. 더군다나 대전에 패검을 하고 들어오다니요? 이러한 무례는 고금을 통틀어서 역신(逆臣)들이나 하던 짓이 아닙니까? 이런 와중에 어찌 충신이라면 가만히 보고만 있겠습니까?"

"그러는 곡주백도 병력을 이끌고 오지 않으셨소?"

"폐하를 돕기 위해서입니다!"

"내게는 나의 병사들이 있소."

"그것으로 부족할 것이옵니다, 폐하."

도무지 말이 통하지 않는다. 황제는 더 이상 정중부와 말을 섞기를 포기하고 김돈중에게로 시선을 돌렸다. 그는 정중부의 입에서 역신이나 하는 패검 운운하는 이야기가 나왔음에도 불구하고 칼을 풀 시늉조차 하지 않고 있었다.

"그래, 뭐가 그리 위급하기에 칼까지 차고 들어오셨소?"

"언제 어디서 나쁜 뜻을 품은 자가 역모를 획책할지 모르는 일이 아닙니까? 폐하와 저 자신을 지키기 위한 검이옵니다. 통촉하여 주시옵소서."

"명주공은 참으로 충신이구려. 이런 충신들이 궐전에 패검하지 못하도록 한 선조 열위들이 참으로 옹졸하셨소이다. 고려의 황제로서 참으로 부끄럽소이다."

"시기가 시기임을 혜량하여 주시옵소서."

황제의 서릿발 같은 말에도 김돈중은 꼼짝을 않았다. 황제는 피로하다는 듯 손을 한차례 휘저으며 가라앉은 목소리로 물었다.

"그래서, 지금 장산왕을 토평하라는 칙령을 내리길 바

라는 것이오?"

"역신을 벌하는 일에 앞장서겠다는 이야기옵니다, 폐하."

"짐은 이미 일전에 정민이 양산후(梁山侯)에 제수되었던 것을 이야기가 많아 백작(伯爵)으로 작호도 깎은바 있소. 그 뒤로 그 작위를 올려줄 생각을 늘 품고 있다가 마침 그간에 그 재산을 헌납하고 나라를 위해 쌓은 공업이 있기에 왕에 봉하였소. 어차피 짐의 부마 아니오?"

"소신이 듣기로는 제멋대로 송나라로 도해하여 그 황제에게 장산국왕을 자칭하여 책봉을 주청하였고, 그 황제가 내린 조칙을 그대로 들고 와 폐하께 들이밀며 똑같이 인정하라고 겁박을 하였다고 들었사옵니다마는……."

"짐은 모르는 일이오."

황제의 말에 김돈중의 눈매가 날카롭게 찢어졌다.

"이대로라면 언젠가는 왕씨 제실이 무너지고 정씨가 옥좌를 범하는 날이 오게 될 것입니다, 폐하."

"공이야말로 지금 나를 겁박하는 것이오?"

"역적 정민과 그 아비 정서의 무도함은 천하가 아는 사실이옵니다, 폐하. 어찌 그것을 폐하만이 모른다 하고 계시옵니까?"

"칙서는 내리지 않을 것이오."

황제의 강경함에 김돈중과 정중부의 몸이 굳었다. 김
돈중은 황제가 이리도 정민을 감싸고 돌 것이라고는 예
측을 못했기에 당혹스러웠고, 정중부는 일이 어떻게 돌
아가는지 파악하기가 어려워서였다.

애초에 정중부는 어부지리를 얻으려고 올라온 것이었
다. 황제가 부월을 주고 김돈중을 치라면 김돈중을 치고,
정민을 치라면 정민을 칠 것이었다. 다만, 정중부가 원하
는 것은 부월을 받는 것일 뿐. 그러니 그는 감히 대화에
끼어들지 못하고 애꿎은 수염만 쥐어뜯고 있었다.

"정민을 장산왕에 봉한 것은 짐이오. 짐이 내린 결정
을 되물리지는 않을 것이오. 그러나 장산왕이 자기의 손
톱만 한 나라를 지키려면 자기 힘으로 지켜야 하지 않겠
소?"

"그 말씀이온즉……."

"날도 차갑고 시간도 늦었소. 이만들 돌아가 쉬시오.
짐도 몸이 좋지 않아 이만 들어가 보아야겠소."

황제는 그렇게 말하고서 대답을 기다리지도 않고 뒤돌

아 나가 버렸다. 김돈중은 사나운 눈으로 황제의 뒷모습을 쫓다 말고 휙 하고 몸을 돌려서 대전을 빠져나갔다.

정중부는 황제의 뒤를 쫓아 바짓가랑이라도 붙잡고 늘어져 뭐라도 받아내고 싶은 마음이 굴뚝이었으나, 일단은 물러서서 돌아가는 상황을 지켜보기로 결정하고 대전을 빠져나갔다.

대전을 나와 자기 거처로 돌아간 김돈중은 자신을 따르는 제후들과 마주 앉자마자 이를 빠드득, 갈면서 불만을 토해냈다.

"황제는 지금 정씨와 우리가 양패구상(兩敗俱傷)하기를 바라고 있다."

김돈중의 말에 좌중이 싸늘하게 침묵했다. 여기 앉아 있는 제후들은 바보가 아니었다. 그들은 그 말이 의미하는 바를 명확하게 짚고도 남을 수 있었다.

"황제는 조칙도 내리지 않고, 병력도 내지 않겠다는 말씀이로군요."

"정확히 그렇다. 그렇다고 우리가 정씨를 공격하는 것도 말리지 않겠다는 것이지. 동래정씨가 패하면 장기적

으로 골칫거리인 동래정씨를 지워 버릴 수 있고, 우리가
패하면 권신들의 세력을 줄일 수 있다. 황제는 지금 누가
이기든 지든 그 세력이 잔뜩 깎여 나갈 것이라고 기대한
다는 것이지. 그동안 황제는 착실하게 자기 세력을 불리
고 황권을 강화할 기회를 잡게 되길 기대하고 있는 것이
다. 그게 애초에 정민을 장산왕에 봉한 황제의 심중에 있
는 계산이다."

"지금이라도 병력을 물려서 돌아간 다음에 보다 착실
하게 세를 키워야 하지 않겠습니까?"

이공승의 말에 김돈중이 고개를 가로저었다.

"아니오. 황제가 잘못 계산한 것이 둘 있소. 첫째는
우리와 정씨의 세력이 비등하다고 생각하는 것이고, 둘
째는 미련한 정중부올시다."

"우리가 압도적으로 이길 수 있겠습니까?"

"그것이 바로 황제가 기대하는 바대로 안 될 것이라는
점이외다. 우리가 지금 개경에 끌고 온 병력이 얼마요?
도합 팔천팔백이올시다. 거기에 각기 영지에 남아 있는
병력까지 탈탈 끌어모으면 이만에 육박하고도 남음이오.
그런데 동래에 보낸 간자에 따르면, 저들은 고작 일만이

안 되는 병력밖에 없다더군. 그 와중에 농민들을 모두 끌고 나오지 않으니 어리석지 않소? 물론 그러한 상황에서도 우리가 질 수 있지. 총이라는 것을 사용하는 것도 예기치 못한 무기이니 더더욱 그럴 수 있소. 그러나 정중부가 있지 않소이까? 그자는 지금 판이 뒤집히기를 바라고 있소. 군문에서 자기 세력을 축내며 이고를 키워주는 황제에게 대놓고 어깃장을 놓지는 못하겠고, 그래도 중앙에서 발언권을 높이고는 싶으니 골치가 아프지 않겠소? 거기에 나를 불구대천의 원수처럼 보는지라 우리에게 붙을 수도 없소. 그래서 해결책은 우리가 아닌 자신이 정민을 토평하는 공을 세우는 길밖에 없는데, 그 공명심 때문에 앞장서서 동래를 들이치려 할 것이오. 정중부에게 붙은 병력이 사천이올시다. 적지는 않지만, 그걸로 정씨를 이길 수는 없소."

"다만, 정씨의 힘을 갉아먹을 수는 있겠지요."

"황제는 우리가 동래정씨와 양패구상하기를 바라지만, 우리는 정중부와 동래정씨를 양패구상시키면 되겠군요."

김돈중의 말에 제후들이 무릎을 쳤다.

"때가 되면 이 이의민이 앞장서서 정씨의 목을 치겠습

니다."

이의민이 번득이는 눈으로 김돈중에게 말했다. 그는 기껏 동래정씨를 위해 봉사를 해왔더니 개 밥그릇 같은 땅 하나를 주고 자신을 멀리 내쳐 버렸다는 생각에 불만이 내심 있었다.

그것을 시원하게 긁어준 것이 김돈중이었다. 이제 왕공제후(王公諸侯)의 서열까지 올랐으니, 사내라면 마땅히 더 높은 곳을 노려야 할 것이었다. 이의민은 그 제물로 동래정씨를 삼을 준비가 되어 있었다.

"이 공의 용력은 천하에 겨룰 자가 없으니 마땅히 그리될 것이오. 다만, 정민의 처는 해하지 말고 신병을 안전히 확보해야 할 것이외다. 황제의 외동딸이오. 그 여자가 살아야 우리가 대의명분을 위해 거병한 것이라고 선전하기 좋소. 황제도 딱히 뭐라고 엇대지 못하겠지."

영원한 적도, 영원한 아군도 없다는 말이 있기도 하지만, 김돈중과 동래정씨가 한때의 정치적 동맹 관계에서 이제는 돌이킬 수 없는 강을 건너 대립하게 되었다는 사실은 자명했다. 그렇게 되는 데에 채 몇 년이 걸리지 않았다.

김돈중은 자신의 노련함을 믿고 있었다. 이것은 근거 없는 자만심이 아니었다. 온갖 정치 풍파에서 헤쳐 나온 자신의 기민함에 대한 신뢰였다. 그리고 짜인 판이 자신에게 불리하지 않아 보였다. 더군다나 정중부를 이용해서 더욱 일을 쉽게 만들 수 있음에야.

"개선하여 개경으로 돌아온 우리를 황제가 감히 어찌하리오."

김돈중이 교활하게 웃었다. 그리고는 좌중의 제후들을 돌아보며 말을 이었다.

"거병은 보름 뒤, 대보름에 궐전에서 연회를 펼친 뒤에 다음 날 바로 남쪽으로 기수를 돌릴 것이오. 명분은 황제를 겁박하여 장산왕을 칭한 죄, 둘째의 명분은 함부로 울주와 함안을 핍박하여 관인을 뺏고 자기 영역으로 삼은 점이오. 황제를 겁박하고 왕토를 침탈하였는데 이만한 중죄가 있겠소이까?"

김돈중의 웃음은 차갑기 짝이 없었다.

"폐하……."

부월을 받아 든 정중부의 손이 덜덜 떨리고 있었다. 은밀하게 황제가 부른다기에 궐에 들어갔더니, 난데없이 부월을 주며 황명을 이행하라고 했다. 도대체 어떻게 일이 돌아가는지 갈피를 잡기도 전에 황제는 생각할 틈을 주지 않고 정중부를 압박해 들어갔다.

"짐이 주는 부월은 혹여나 김돈중이 정씨를 제압하거든, 이때 김돈중의 목을 베고 내 딸을 안전히 개경으로 데려오라 주는 것이오. 물론 이 일을 그대와 짐을 제하고는 아무도 알아서는 안 될 것이외다. 아시겠소?"

"기, 김돈중을 말씀이십니까, 폐하?"

"짐이 꼭 두 번을 이야기해야겠소, 곡주백?"

정중부로서는 이러한 상황은 전혀 예기치 못한 것이었지만, 그는 명분을 잡았다는 생각에 몸이 절로 떨려왔다. 동래정씨와 동경김씨가 함께 몰락한 뒤에 무엇이 남겠는가. 황제의 권력은 물론 강성해질 것이다. 그러나 일인지상 만인지하의 자리는 자신이 예약한 것이나 다름없지 않은가.

황제는 어리석지 않았다. 정중부는 일종의 예방책 같

은 것이었다. 황제로서는 셋이 서로 다투다가 다 함께 몰락하는 것이 가장 최상의 결과요, 아니라면 동래정씨와 김돈중이 서로 살을 깎아먹고 정중부만 세력을 보전하는 것이 차선이었다.

셋 중 가장 세력이 미약하고 파당이랄 것도 없이 미약한 추종자만을 가지고 있는 정중부가 제일 통제하기 쉽기 때문이었다. 작위는 올려주면 되고, 식읍도 늘려주면 그만이다. 원한다면 정1품의 벼슬을 주는 것도 상관없었다.

중요한 것은 동래정씨와 동경김씨가 고삐 풀린 망아지라면, 정중부는 말뚝에 잘 매어져 있는 노새와 같이 부릴 수 있다는 점이었다.

'김돈중은 필히 정중부를 앞세우려 할 테지만, 이 부월을 받든 뒤로 정중부가 과연 그럴까?'

황제는 고심 끝에 이 상황을 통제하기 위한 수단으로 정중부를 빼 든 것이었다. 그러나 부월을 주면서도 공개적으로 주지 않고, 조칙을 따로 내리지도 않았다. 만약 일이 그르치게 되면 언제고 발을 빼기 위한 포석이었다.

"절대 섣부르게 움직여서는 안 될 것이오. 내가 김돈

중이라면 그대의 공명심을 자극하여 먼저 정민을 공격하게 해 둘 다 다치게 만든 다음, 뒷정리를 하며 승전의 공은 자신이 다 차지하려 들 것이오. 그리고 그다음에는? 그 2만의 병력을 이끌고 그가 어디로 향할 것 같소?"

황제의 말에 정중부의 몸이 다시 부들부들 떨렸다. 일개 무부(武夫) 출신으로 여기까지 올라왔지만, 그것은 동시에 그만큼 그가 최소한의 정국을 읽는 식견은 가지고 있다는 이야기이기도 했다.

정중부는 황제가 하는 말이 가능성이 높은 이야기라는 사실을 직감하고 있었다. 물론 황제는 이미 이고(李高)를 군부를 장악하기 위한 패로 이용하고 있으니, 자신에게 다시 군권을 돌려주지는 않을 것이다. 그러나 동시에 조정에서 자신의 입김이 커지는 것을 아주 막지도 않을 것이었다.

어차피 군문을 나온 몸이다. 개경에서 재상 노릇하며 삼세에 이을 명리(名利)를 쌓는 것도 나쁠 것이 없었다. 물론 이 모든 것은 일이 성공한 다음의 일이다.

"삼가 명을 받들겠나이다, 폐하."

정중부는 부월을 받잡은 손을 치켜들고 무릎을 꿇으며

말했다. 머리가 희끗하게 센 노장(老將)의 눈에는 공명심이 번뜩이고 있었지만, 황제의 조언을 무시하지는 않을 것임에는 분명했다.

그는 인내하고 기다리면서 언제고 적이 목을 드러내면 물어뜯을 준비가 된 매처럼 행동할 것이다. 황제는 그 정도의 그릇은 정중부가 가지고 있다고 확신하고 있었다.

"부디 그렇게 해주어야 할 것이오."

"예, 폐하."

황제는 각오를 다지는 정중부를 보면서 사용할 수 있는 패들을 다시 점검해 보았다. 마음속에서 일렁이는 분노는 일종의 배신감 때문에라도 동래정씨가 패배하기를 기원하고 있지만, 차갑게 가라앉은 머리는 장기적으로 개경의 일에 관심 없는 동래정씨보다는 명주공 김돈중이 훨씬 위험하다는 사실을 경고하고 있었다.

이미 고려를 손에 쥔 듯이 행동하고 있는 김돈중이었다. 대전에 패검을 하고 들어오는 것은 반역자가 아니라면 상상하기도 어렵던 행동이다.

물론 그도 나름의 계산이 있었을 것이다. 동래정씨가 없다면 사실상 아무것도 할 수 없던 황제. 완전히 전소한 황궁과 바닥난 국고를 가지고 집권하여 세력도 없고 정치적 동맹도 미비한 황제를 보면서 말이다.

패검을 하고 대전에 들이친 것은 일종의 압박 수단이었을 것이다. 옥쇄를 가지고 자신에게 협조하라는 그런 압박 말이다.

'명주공은 두 가지 판단을 그르쳤소. 첫째로 나는 동래정씨가 없어도 고꾸라지지 않을 것이고, 둘째로 나는 정민보다는 당신이 더 위험하다고 판단하고 있다는 점이오.'

황제는 아랫입술을 잘근 씹었다. 이제 그가 할 수 있는 모든 것은 해두었다. 나머지는 패들이 알아서 움직여서 결과를 내놓을 것이었다. 그때까지 황제는 혹여 모를 일에 대비해 이고를 통해 도성을 겹겹이 방위하게 하고 황궁의 안전을 다져 놓을 작정이었다. 세상일은 알 수 없는 것이지 않은가.

고도(高島)와 이왕도(伊王島)에서 시범으로 캔 석탄이

두 척의 배에 가득 실려서 동래로 들어왔다. 연두(年頭)부터 정민은 이 석탄으로 제련을 하여 철포(鐵砲)를 제조해 볼 계획이었으나, 뜻대로 잘 풀리지는 않았다.

시범 삼아 만들어낸 철포 열 문 가운데 제대로 사용할 수 있던 것은 둘뿐이었다. 철을 제련하는 기술이 썩 수준이 높지는 않으니 어쩔 수 없는 노릇이었다. 전투가 임박해 오는 것을 알고 있기에 더 이상 철포를 제조하는 일에 공력을 기울이며 시간을 흘려보낼 수는 없었다.

아쉬운 대로 두 문의 철포만을 육상전에서 시험해 보기로 하고, 나머지는 그간 생산된 100여 문의 청동포를 육지와 함선에 나누어 배치시켰다.

"지금 포를 적극적으로 운용하는 것이 쓸모가 있겠습니까? 차라리 휴대하기도 편하고 병졸 개개인에게 지급할 수 있는 총이 더욱 유용하다고 사료되옵니다, 전하."

정민이 포를 확충하는 데 급급하고 있다고 생각이 들자, 병조를 맡은 정명해가 찾아와서 읊조리며 말했다. 정민은 그의 입장에서는 그러한 판단이 충분히 있을 수 있다고 생각은 했다. 그러나 그래서는 안 된다.

"우리가 부딪칠 장소가 장애물도 없고 널리 펼쳐진 개

활지(開豁地)라면 포는 거의 쓸모가 없고 총이 나을 것이요, 총보다는 차라리 활을 든 기마병이 더 나을지 모르겠다. 그러나 이 장산국의 국계(國界)는 강과 산, 그리고 구릉이고, 나머지는 바다에 면해 있어서 고지를 점한 뒤에 적들을 포를 통해 노리기가 아주 용이한 지형이다. 먼저 지세를 점한 다음에 저들이 접근하기 전부터 포탄을 쏘아대면 이미 시작부터 기세에서 우위를 점할 수 있는데, 마다할 이유가 있는가?"

"하나 포를 하나 움직이는 데 수많은 병사가 붙어야 하고, 하나를 장전해서 쏘는 데도 시간이 너무 걸립니다."

"포병들에게도 제각기 활을 지급하여 유사시에는 포를 방기하더라도 궁병으로 싸울 수 있도록 하게 하지 않았는가?"

"대열을 짜서 일사불란하게 명을 받지 않는다면 활을 쥐어 준들 무슨 소용이 있겠습니까?"

"그래서 미리 적들이 올 자리에 배치를 해두는 것이다. 육로는 강을 무리해서 건너는 것을 피하려면 함안과 울주를 통해 오는 길뿐이고, 바다에서는 포가 있느냐 없느냐에 따라 전력의 차가 크게 나게 될 것이다. 그렇다면 바다로 올 길은 사실상 막혔다고 보아도 좋을 것이요, 함안에 미리 총과 포를 가져다놓은 것은 그 때문이다. 적은 분명히 진주를 통해서 들어오는 길을 택할 것이다.”

“만약 저들이 다른 길을 택한다면 어찌하시렵니까?”

“동래에 남은 정병이 오천이 넘는데, 그들을 이끌고 나가서 막으면 될 일 아니냐?”

정명해는 정민의 말에도 내심 불안함이 가시지 않았다. 물론 총의 위력은 그의 두 눈으로 직접 확인을 해보았다. 그러나 포는 미심쩍기 그지없었다. 물론 청동포가 쏘아낸 포탄의 위력은 대단했지만, 그만큼 갑작스럽게 포가 깨지기도 일쑤였고, 무거운 포를 백 수십 리를 끌고 다니는 것도 고역이었다.

그 포를 끌기 위해 군대의 진군 속도가 느려지고, 병마를 차출하여 포를 따로 끌게 해야 하며, 포를 장전하고 방포하며, 평소에 관리하기 위해 포마다 네 명의 정병이 들러붙어야만 했다. 정명해가 보기에는 육지에서 포를 사용하는 것은 비효율적이었다.

"너무 우려치 말거라. 때가 되면 결과가 보여줄 것이다."

정민은 확신이 있었다. 포가 괜히 널리 쓰이게 된 것이 아니었다. 아직은 그 위력이 압도적이라고는 절대 말할 수 없고, 보조적으로 사용할 수준밖에 되지 않지만, 그런 청동포라도 있는 것과 없는 것의 차이는 컸다.

무기에 있어서 우위를 점한다는 것은 그만큼 중요했다. 어설픈 총과 포라고 할지라도 사용하기에 따라서 적에게 두려움을 심어주고 전략상의 우위도 점할 수 있게 해주는 것이다.

"그 문제는 일단 그렇게 두고. 지금 가용한 선박이 몇 척인가?"

"대선(大船)이 승풍과 봉래의 두 척이고, 중선(中船)이 스물두 척, 소선(小船)은 팔십팔 척에 이릅니다."

"그중에 포를 탑재할 수 있는 것은 대선과 중선인가?"

"소선은 포를 실어서 쏘게 되면 그 반동을 견뎌내기가 어렵습니다."

"소선은 가급적 출항을 자제하게 하여 활과 총으로 무

장한 병력을 실어서 근해의 정찰과 물품 수송을 맡기고, 만약 해상에서 부딪치게 된다고 하면 대선과 중선을 위주로 맞서야겠다. 중선에도 적어도 청동포를 각기 네 문씩은 싣게 하고, 군선으로 징발하여 언제고 사용할 수 있도록 대기시켜 놓도록 하라."

"예, 전하."

혹여 모를 일이라 준비를 해두기는 하지만, 저들이 동래를 치는 데에 수군까지 동원할 것이라고는 생각하기 어려웠다. 황제는 아마 군병을 따로 내주지는 않을 것이고, 김돈중은 잘 길러낸, 훈련 받은 수병들을 따로 가지고 있지 않았다.

아마 대개의 동원된 병졸들은 김돈중의 가령에서 징집된 농민들이 대다수일 터이니, 그 무장 수준이나 훈련 수준이 높지 않을 것이 자명했다.

물론 일반적인 전투라면 김돈중의 판단은 매우 합리적인 것일 터였다. 공세를 취하는 입장에서의 불리함을 생각하더라도 거의 두 배를 훨씬 상회하는 병력으로 공격해 들어오는 것이다. 성공적으로 함안 등지로 진입만 한다면, 단 한 번의 회전으로도 병력의 우세를 발판 삼아 승기를 잡을 수 있었다.

다만, 김돈중이 그르게 판단하고 있는 점이라면, 훈련
이나 무장 수준이 김돈중의 가병들에 비해 장산국의 병
사들이 훨씬 높으며, 함안으로 진입하는 자체도 길목마
다 틀어쥐고 있는 포대(砲臺) 때문에 쉽지 않을 것이라
는 점이었다.

"결국에는 후회를 하게 될 것이야. 어디 한 번 붙어봅
시다, 명주공."

정민은 김돈중의 얼굴을 떠올리며 중얼거렸다. 한때
서로 많은 도움을 주고받은 사이였다. 그러나 권력이라
는 것은 함께 나누어 가질 수 있는 것이 아니다. 그럼에
도 불구하고 재미있는 점은, 정민은 한 번도 김돈중이 원
하는 권력을 함께 탐한 적이 없다는 사실이었다.

정민은 고려 땅에 흥미가 없었다. 반면에 김돈중은 고
려의 정사를 좌지우지하는 최고의 권신(權臣)이 되고자
한다. 이것은 서로 다른 길이다. 다만, 김돈중만이 자신
이 가는 길에 정민이 방해가 된다고 생각하고 있을 뿐이
었다.

그러나 김돈중이 그렇게 생각하고 황제가 그것을 방조

한다면, 아닌 사실도 그렇게 되는 것이다. 그러니 싸워야
했고, 김돈중을 꺾어야만 했다. 그래야만 정민 자신이 원
하는 다음 시대가 진정으로 열리는 것이었다.

제45장
교전(交戰)

1166년 정월 대보름에 황제에게 사실상 강요를 하여 출정연(出征宴)이나 진배없는 연회를 궁궐에서 열게 한 김돈중은, 역적 동래정씨 일문의 토평(討平)을 기치로 세우고서 개경을 떠났다.

황제로부터 부월도 받지 못했기에 불가피하게 황제가 사실상 군사행동을 추인했다는 선전거리가 필요했고, 때문에 연회를 무리하게 개최하게 한 것이었다.

이날, 남쪽으로 떠난 것은 김돈중뿐만이 아니었다. 정중부도 자기 병력을 이끌고 남하하기 시작하여 김돈중과 앞서거니 뒤서거니 하며 장산으로 향하기 시작했다.

　정중부는 은밀히 받은 부월이 있었으나, 그것을 내세울 수는 없는 노릇이었다. 애초에 정민을 토벌하는 일을 완수하라 받은 부월이 아니라, 때가 되면 은밀히 김돈중을 처치하라고 받은 부월이었다.

　'아직 겨울이 다 지나지 않았는데, 이 시점에 병력을 일으키는 것이 과연 합당한 일인가…….'

　김돈중 진영에 합류해서 원정에 따라나선 영암후 이공승은 찬바람을 맞으며 묵묵히 남쪽으로 발걸음을 옮기고 있는 기다란 병사들의 행군을 보면서 속으로 생각했다.

　음력 대보름이 지났으니, 봄이 이제 곧 다가올 시점이기는 했다. 그러나 아직 바람은 매서웠고, 병사들은 쉽게 피로해지고 있었다. 차라리 한 달 정도만 더욱 시간을 두었다가 출정을 했다면 남정(南征)하는 길이 이리도 고되지는 않았을 것인데, 이공승이 생각키에 김돈중은 정민에게 어떠한 시간적으로 대비할 말미도 주지 않으려는 마음이 큰 듯했다.

　'물론 남쪽은 이제 완연히 따뜻한 봄날일 테고, 정중부를 앞세워 정민과 싸우게 하는 동안 지친 병졸들을 쉬

게 하면 되긴 하는 노릇이지만…….'

이공승이 보기에 또 다른 문제는 군량이 그다지 넉넉하지 않다는 것이었다. 제후들은 제각기 전해의 소출을 긁어모아 군량으로 제법 충당하였으나, 나이가 얼추 젊다 싶은 남정들을 다 잡아서 군졸로 이끌고 왔으므로 군량도 그 머릿수를 감당하지 못하고 있었다.

물론 방법이 없는 것은 아니었다. 남쪽으로 향하면서 여러 지방관들을 을러서 고을의 곡창을 열어 군량으로 상납하게 할 것이고, 그것도 모자라면 민가를 약탈하게 될 것이었다.

이러한 행패를 부리면 나중에 고스란히 악명으로 남아서 뒤를 간지럽게 할 터이나, 지금은 그렇게 앞뒤를 재가면서 움직일 때는 아니라는 건 이공승도 잘 알고 있었다.

하나 무언가 불안함이 그의 가슴을 짓누르고 있었는데, 그것은 경험에서 배운 것이 있기 때문이었다.

금나라로 출정하는 병력을 통솔하여 동경에 들어섰을 때, 그는 도대체 무슨 일이 일어나는지도 모르는 와중에 사로잡혀서 전쟁이 끝날 때까지 옥살이를 해야만 했다.

그 와중에 정민은 무슨 신묘한 술책을 부렸는지 금에

새 황제가 즉위하는 것을 성공적으로 도왔을 뿐만 아니라, 자신을 다시 풀어준 다음 앞세워서 고려의 정변에도 한몫 거들었다.

그 와중에 원치 않게 공신으로 책봉되어 제후의 반열까지 올랐으니 실익을 따진다면 남는 장사를 한 이공승이었으나, 그것이 모두 정민의 손바닥 안에서 놀아난 결과라고 생각하면 식은땀이 나지 않을 수 없었다.

정권이 교체되고 나서 정민과 친분을 두텁게 하지 않고, 김돈중과 손을 잡고 그쪽으로 합류한 것도 바로 정민에 대한 정체 모를 기분 나쁨과 두려움 때문이기도 했다.

이공승은 자신을 단순히 시기에 따라서 장기말 움직이듯이 사용할 수 있는 패로 보는 정민의 시선이 불쾌하기 짝이 없었다. 사실, 정말로 불쾌한 것은 그 시선 자체보다도 그것이 사실이기 때문이었다.

'그런 자를 상대하러 가는데 이렇게 허술한 준비로 가능할까?'

이공승은 고민을 거듭해 보았다. 김돈중의 판단은 크게 보아서는 잘못된 점이 없었다. 그러나 대국(大局)만을 보지 않고 직접 눈높이를 낮추어 실제의 현상을 보기

왕의아침

시작하면 허술한 부분이 적지 않았다.

병력의 머릿수만이 중요할까? 정중부를 앞세워서 적의 사기와 병력을 깎아놓고 쉽게 정리한다는, 아주 간명한 전략이 있었지만, 아군 병력은 잘 먹고 잘 쉬지 못해 피로한 채로 산송장처럼 걷고 있고, 군마도 야위어 기병이라곤 고작 사백 남짓이었다.

반면에 적은 아마도 충분한 곡량을 쌓아놓고 안방에서 쳐들어오기를 기다리고 있을 것이다. 더군다나 정중부가 뜻하는 대로 움직여 준다는 보장도 없지 아니한가.

'제발 그런 일이 없어야 할 터인데……..'

그러나 불안한 마음이 가시지 않는 것은 어쩔 수 없었다. 특히 김돈중이 이의민 같은 자를 중용하여 품고 가는 것을 보면 그 사람 보는 식견도 조금 의심스럽지 않을 수 없는 노릇이었다.

"예상대로 진주 방향으로부터 들어오려는 것 같습니다."

미리 함안으로 배치된 보병대의 천부장이 함안 관아를 징발하여 만든 지휘부로 찾아와 정탐 내용을 보고했다. 장산국 수뇌부에서 적의 진로로 진주를 지목한 데에는 몇 가지 이유가 있었다.

첫째로는 가장 단거리로 진입해 오려면 낙동강을 건너야 하는 수고를 감수해야 했다. 둘째로 아주 우회를 해서 동경을 거쳐서 동해안의 울주를 통해 진입하기에는 행군이 길어지고 보급상의 문제가 있을 것이라는 판단이었다. 더군다나 이쪽으로 올 경우에는 해안과 산지 사이의 좁은 길목을 차단하고 농성을 시작하면 돌파가 어렵다는 단점도 있었다.

그렇다면 마지막으로는 아주 전라도를 거쳐서 섬진강을 넘어 산길을 피해 상대적으로 편안한 행군을 한 다음에 진주를 통해 들어오는 것이 합리적인 방법이었다. 다소 시간은 걸리겠지만, 합리적인 전술가라면 곡창지대를 지나오면서 다소간의 약탈을 동반한 보급도 용이하게 하는 동시에 군대의 피로를 최소화하며 공격로까지도 확보할 수 있는 방법을 택하려 할 터였다.

물론 이 모든 것이 장산국의 전력을 다소 얕볼 때나

합리적인 전략이긴 했지만, 애초에 장산국의 전력을 명확하게 파악하고 있었다면 이런 무리한 싸움을 시작조차 하지 않았을 것이었다.

어찌 되었든 이미 이곳이 가장 가능성 높은 진로라고 파악한 정민은 보병 천인대 하나와 궁병 천인대 하나를 일찌감치 이곳에 주둔시켜 두고서 병조판서 정명해를 보내 직접 지휘하게 해두었던 것이다.

일찌감치 진주로부터 오는 길목에 있는 방어산(防禦山) 일원에는 적이 진입해 들어오는 것을 공격할 수 있도록 포대의 정비가 마쳐진 뒤였고, 보병들이 육탄전을 벌이기 전에 화승총으로 적을 견제할 수 있도록 길목마다 목책을 치고 배치를 마쳐 놓았다.

이제 적이 진주를 통해 진입하기로 마음먹은 것을 알았으니, 늦지 않게 추가 병력을 요청할 차례였다.

정명해는 보고를 마친 보병 천부장 주흘(周屹)에게 바로 동래로 봉화를 올리라고 명했다. 이미 이쪽으로 출정하면서 봉홧불을 올리면 적이 이 방향에서 당도하였으니 예정된 병력을 즉시 보내라는 신호라 동래와는 약속이 되어 있었다.

"지원 병력은 저들이 함안으로 넘어오는 것보다는 늦게 도착할 가능성이 높으니, 미리 대비를 만반으로 해놓고 적이 함안의 읍성까지 당도하지 못하게 최선을 다해 막아야 할 것이다. 적이 진입해 오려고 하는 남서쪽으로는 방어산을 제외하고는 뫼도 없고, 평탄한 지역이니 방어가 그리 쉽지는 않을 것이다. 그러나 포와 총을 사용하여 적을 교란시키고, 우리가 파악한 지형지세를 최대한 활용하여 적의 진군을 지연시키면 지원 병력이 당도하여 전세를 완전히 기울게 만들 것이다."

정명해는 함안으로 오기 전에 정민으로부터 받은 지침에 자신의 판단을 더해서 천부장 주흘에게 말했다. 옆에서 서 있던 궁병 천부장 이군서(李君瑞)도 정명해의 말을 경청하고 있었다.

주흘은 본래 동래정씨의 사병 출신이고, 이군서는 선원 출신이었다. 둘 다 이제 막 마흔 줄에 접어들고 있는 나이였는데, 그간 그들을 눈여겨보아 왔던 정민과 정명해에 의해 군부에 발탁되었고, 군제 개편 이후에는 천인대를 맡아 지휘하게 되었던 것이다.

특히 주흘은 이미 함안조씨를 압박하는 작전에 투입되

어 이 지역의 지리를 꿰뚫고 있었다.

"명을 받들겠습니다, 영감."

정명해의 지시가 끝나자 주흘이 군례를 올리고 일어났다. 그는 본영을 나서자마자 병졸들에게 명하여 바로 봉화를 올리도록 하였다. 함안에서 동래로 가는 봉화의 경로는 안산, 천주산, 구룡산, 정병산, 불모산, 굴암산을 거쳐 금병산까지 도달하게 되어 있었고, 이곳에서 바로 낙동강 너머의 최종 봉화점인 구덕산에서 바로 동래로 파발을 띄우도록 되어 있었다.

"흐음……."

휘하 장수들을 물린 다음 정명해는 모피가 걸쳐진 의자에 몸을 파묻으면서 정민이 출정 전에 하사한 천리경(千里鏡)이라는 놈을 함에서 꺼내 보았다.

칠로 마감된 원통의 양쪽 끝에는 동경 일대에서 파냈다는 수정을 다듬은 경(鏡)이 있었는데, 신기하게도 한쪽 끝에 눈을 가져다 대면 반대쪽 입구로 들어오는 상이 훨씬 확대되어 맺혔다. 이것은 멀리 있는 물체를 탐지하는 것을 분명히 유리하게 만들어줄 것이었다.

정민은 천리경을 이 외에도 스무 개가 넘게 건네주었

다. 거의 병사 백 인마다 하나씩 보급될 수 있을 정도였다. 전투가 시작하기 전에 정명해는 이것의 사용법을 알린 후 나눠 줄 생각이었다.

'도대체 머릿속에 무엇이 들어 있으시기에 이런 물건들을 만들어내시는지.'

정명해는 천리경의 한쪽을 눈에 가져다 대며 생각했다. 반대쪽으로 활짝 열린 동헌(東軒)의 문밖으로 읍성을 가로질러 펼쳐진 대로 저 끝의 성문이 한눈에 잡힐 정도로 확대되어 들어왔다. 그곳에는 분주하게 병졸들이 움직이면서 성의 방어 상태를 점검하고 있었다.

토성으로 쌓아 올린, 다소 허술한 읍성이기는 하나, 적이 마땅히 공략할 공성 도구가 없다면 방어전을 펼치는 데는 전혀 무리가 없을 것이었다.

물론 정명해는 그들이 읍성에 도달하기 전에 성 밖에서부터 진로를 차단하고 막아낼 생각이었다. 그러나 만약 불가피하게 이곳까지 밀려오더라도 지원군이 올 때까지 지켜낼 자신은 충분히 있었다.

'언제든 와라. 이 정명해가 막아내마.'

정명해는 속으로 다짐을 새로이 했다. 애초에 형과의

천륜을 저버리면서까지 정민과 함께하기로 마음먹고 여기까지 온 그였다. 그간 고초를 많이 겪기도 했고, 여러 외국을 돌아다니면서 시름시름 앓아누운 적도 있었다.

마지막으로 몸과 마음 모두가 편하게 쉰 지도 언젠지 기억이 나지 않았다. 그러나 그 대가로 그는 시대가 바뀌는 바로 가장 앞에 서서 전진해 나가고 있다는 커다란 만족감을 얻을 수 있었다.

무력하게 가문의 방계 자손 가운데 하나로 좁은 땅이나 부치면서 그렇게 늙어갈 수도 있던 자신이다. 그러나 그 젊음을 마땅히 바칠 만한 데 바쳐서 그는 삶을 불태울 수 있게 되었다. 그리고 그 결정에 후회는 없었다. 물론 이것을 지키기 위해서 어떤 일이든 마다하지 않을 각오도 있었다.

진주성(晉州城) 북면(北面)과 남면(南面)에 이틀 차이로 도착하여 각기 군영을 꾸린 김돈중과 정중부는 사흘이 지나도록 꼼짝 않고 있었다. 서로가 서로의 눈치를 보면서 누가 앞설 것인지를 재고 있는 것이었다.

김돈중은 내심 정중부가 먼저 공훈을 탐내 함안으로 진군하기를 바라고 있었으나, 정중부는 황제로부터 받아든 밀지(密旨)가 있기에 경거망동하지 않고 있었다.

그러는 동안에 죽어나는 것은 진주의 백성들뿐이었다. 진주 목사 장환규(張奐奎)는 김돈중과 정중부의 군량을 대라는 요구에 고을의 곡창을 다 열고도 부족하자 가을걷이 뒤로 백성들이 아껴 먹던 곡식까지 모두 징발하여 가져다 바쳤다.

그렇지 않아도 봄이면 보릿고개가 올까 전전긍긍하던 백성들은 집 안에 있는 모든 낱알이라는 낱알은 탈탈 털어서 빼앗아가는 군졸들의 바지를 붙잡고 늘어지며 울부짖었으나 소용이 없는 일이었다.

진주 목사 장환규로서도 고을 백성들을 달랠 방안이 마땅치 않았다. 혹여 굶주린 병사들이 고을 내의 마을들을 돌아다니며 백성들을 괴롭히고 약탈하고 아녀자들을 겁탈하기라도 하면 대책이 없는 노릇이었다.

그저 충분히 군량도 갖추지 않고 들이닥친 저들을 원망하고, 이 모든 문제의 소지를 만든 정민을 원망하는 것

외에는 할 수 있는 일이 없었다.

"절대 먼저 움직여서는 아니 됩니다."

며칠을 막사에 앉아서 꼼짝을 않고 있는 정중부의 곁에서, 사위이자 그의 책사 노릇을 하는 송유인(宋有仁)이 신신당부를 하였다. 정중부는 임금의 밀지에 대해서 오로지 송유인에게만 말을 하여 두었는데, 이러한 사실을 알지 못하는 정중부 막하의 장수들은 어째서 김돈중이 꼼짝 않고 있는데 이때에 먼저 들이쳐서 공적을 쌓지 않느냐고 수군대고 있는 차였다.

"알고 있다. 그런데 저 김가 놈이 도대체 무슨 마음을 품고 꼼짝도 않는지 전혀 짐작이 가지 않아서 그렇지."

정중부의 수염이 파르르 떨렸다. 그는 시간이 지날수록 초초해지고 몸이 근질거렸다. 황제의 밀명이 아니었더라면 벌써 먼저 움직였을 것이다. 정씨 집안과는 악연이 없고, 오히려 그간 좋은 관계였지만, 어디까지나 서로 혜택이 될 때의 이야기였다.

그들을 토평하여 권세를 넓히고 명성을 쌓을 수 있다면 정중부로서는 그렇게 행하는 것이 전혀 어려운 일이 아니었다. 그리고 마침 좋은 기회이기도 했다. 그런데 황제의 밀명 때문에 김돈중과 정민이 먼저 부딪히기만을 하염없이 기다리는 처지가 되고 만 것이었다.

송유인은 그런 장인의 조바심을 알고 있기에 천천히 그를 구슬렸다.

"대저 군자는 기다리는 법을 알아야 한다고 했습니다. 지금은 호기(好期)가 아닙니다. 저희가 정민과 양패구상하고 나면 그 열매는 누가 차지하겠습니까? 김돈중이 아닙니까."

"그렇다고는 하지만, 과연 김돈중이 정민에게 지게 될까?"

"정씨 일문을 얕보아서는 아니 됩니다. 제가 보기에 저희만으로는 정씨를 토평할 수도 없거니와, 적어도 김돈중이 끌고 온 숫자는 되어야 해볼 만할 것입니다. 그러나 김돈중도 저희가 거들지 않으면 난전을 겪게 될 것입니다."

"결국 폐하의 성지를 좇는 것이 우리에게도 이득이란 말이냐?"

"다른 대안이 없습니다."

"그러나 폐하께서는 이 정중부를 밖으로 내돌리면서

이고, 그놈을 옆에 두고 군문을 장악하도록 거드셨다. 나는 그래서 폐하를 도무지 신뢰할 수 없다, 이 말이다. 나중에 가서 이러한 밀명을 내린 적이 없다 하면?"

"정씨와 김씨, 두 집안을 토평한 장수에게 폐하께서 무슨 말로 타박을 주겠습니까? 천하의 눈이 모두 지켜보고 있는데 그러한 공적과 무훈을 폐하라고 하신들 어찌 깎아내리겠습니까?"

송유인의 말에 정중부는 눈을 감으며 깊은 한숨을 몰아냈다.

"과연 그리되어야 할 텐데 말이다. 그런데 사위. 나는 자신이 없어."

정중부의 말에 송유인이 흠칫했다.

"그 무슨 말씀이십니까?"

"나이는 점점 들고, 한 시절의 기백도 이제 슬슬 꺾여가는 느낌이네. 세상의 중심에 서서 천하를 호령한다는, 그런 꿈이 말이야. 이제는 조금 헛된 이야기처럼 느껴진다, 이 말이야."

정중부의 귀밑은 새치가 올라오고 있고, 얼굴에는 주름이 점차 짙어지고 있었다. 새삼 송유인은 장인의 나이가 꽤나 들어 보인다고 생각했다. 그러나 말과는 다르게 정중부의 커다란 몸은 바위처럼 흔들림 없이 앉아 있었다. 말은 저리하지만, 때가 되면 누구보다 강단 있게 몰아칠 사람이라는 것을 송유인은 그래도 믿어 의심치 않았다.

"정쟁(政爭)이라는 것이 지저분하고 사람을 불행하게 만드는 것이지요. 하나……."

정중부에게서 시선을 돌리지 않으며 송유인은 말을 이었다.

"그래도 이 놀이에 응하지 않으면 얻을 수 있는 것이 아무것도 없습니다. 그렇다고 놀이에 참가하지 않는 자에게 아무런 대가를 요구하지 않는 것도 아니지요. 판 밖에 있는 자에게는 끊임없는 희생만을 요구하지 않습니까? 권력이란 것이 그런 것이 아니겠습니까? 지키기 위해서는 계속해서 싸워야 하지만, 그것이 없다면 제 한 몸을 지키기도 어려운 세상이지요."

"평생을 이리 싸웠는데, 끝이 보이지를 않으니 원."

정중부가 투덜거렸다. 그는 조금 흔들리고 있던 마음을 다시 바로잡아서 고삐를 채웠다.

"절대 먼저 움직여서는 아니 됩니다."

"그럴 것이다."

그렇게 김돈중의 기대와는 다르게 정중부는 며칠을 꿈쩍도 하지 않았다. 그러는 사이, 김돈중 진영에서는 점차 삐걱거리는 소리가 나기 시작했다. 핵심적인 의사 결정에서 제외된다는 생각을 갖고 있던 이의민이 자기가 끌고 온 병력을 데리고 정탐을 나가겠다고 통보한 뒤, 함안 접경까지 들어갔다가 정명해의 군대와 부딪히고 만 것이었다.

"이런 젠장!"

김돈중은 화가 머리끝까지 치솟았다. 그렇게 섣부르게 움직이지 말라고 단단히 일러두었는 데도 불구하고, 기어코 이의민이 사고를 치고 만 것이었다.

"이 우둔한 자를 보았나!"

김돈중은 화를 이기지 못하고 제장(諸將)들이 보는 앞에서 탁상을 엎어버렸다. 이의민이 끌고 온 병력이 삼천

가량이었다. 거의 자기 고을의 장정을 모두 끌고 온 것이나 다름없는 숫자였다. 그만큼 무장 상태도 형편이 없고, 사실상 싸울 의지도, 능력도 안 되는 자들이 그 가운데 절반이나 될 정도였는데도, 이의민은 자꾸만 자기 지분을 강하게 요구하고 있던 것이다.

분란을 만들기 싫었던 김돈중은 먼저 정탐을 다녀오겠다고 이의민이 강하게 주장하자 그렇게 하라고 허락을 해주었다. 병력의 상태가 좋지 않으니, 휘하의 날랜 수십 명 정도만 데리고 재빠르게 진주와 함안의 경계만 돌아보고 올 것이라 생각했던 것이다.

그런데 이의민은 자기의 삼천 병력을 모두 데리고 나갔다고 했다. 그 소식을 듣자마자 김돈중은 재빠르게 사람을 보내서 돌아오게 하려고 했으나, 이의민은 꿈쩍도 하지 않고 병력을 함안 쪽으로 몰아붙였다. 그러더니 기어코 정민과 교전을 벌이기 시작했다는 소식을 전해 온 것이었다.

"아무리 동래정씨의 병력이 많지 않다고 하더라도 이의민의 삼천 병력으로는 이길 수가 없습니다. 말이 삼천이지, 사실상 산송장들의 군대나 다름없습니다. 계획이

틀어지기는 했으나, 이참에 군대를 모두 몰아서 함안을 빠르게 점령해야 할 것입니다."

김돈중의 노기를 진정시키려고 노력하며 이공승이 말했다. 김돈중은 그의 말이 일면 타당하다고 생각은 하면서도 이의민이 제멋대로 굴다가 콱 죽어버렸으면 좋겠다는 울분이 치밀어 올랐다. 간신히 이를 악물며 머리를 식히고 나서야 김돈중은 간신히 상황을 객관적으로 볼 수 있었다.

"이왕에 이렇게 된 것, 정중부가 밥숟갈을 얹을 수 없도록 아주 정민을 밀어붙여 버려야겠다."

김돈중은 책상을 주먹으로 두드리며 말했다. 재빠르게 군령을 내려서 바로 함안으로 출정하도록 하자 기약 없이 쉬고 있던 병사들은 허겁지겁 군장을 챙기며 칼을 차고 말에 타서 행군할 준비를 했다.

그래도 며칠간 몸을 누여서 쉴 수 있었고, 진주 고을을 털어서 배불리 먹인 덕에 병사들의 상태가 그리 나빠 보이지는 않았다. 그나마 다행이라고 생각할 수밖에 없었다.

"진군하라!"

진주 목사를 채근하여 진주 지역에서도 강제로 끌고 나온 천여 명의 병력을 더해서 도합 일만 팔천에 가까운 군세가 움직이기 시작했다. 대부분이 말에 타지 않고 두 발로 걸어야 하기에 빠르게 가봐야 반나절은 걸릴 거리였다. 그때까지 제발 이의민이 궤멸에 가까운 피해를 입지 않기를 바라는 수밖에 없었다. 아니면 차라리 절멸을 하더라도 그에 못지않은 피해를 정민 측에 입히기를 바라거나 말이다.

"이 도리도 모르는 축생 같은 놈을 끌어들이니 기껏 한다는 짓이 이런 모양이로구나."

함안으로 가는 도중 내내 김돈중은 이의민과 정민을 생각하며 이를 갈았다. 그간 이들에게 베푼 것이 어디 하나둘이었던가. 한 놈은 분수를 모른 채 왕을 자칭하며 자신을 견제하다 결국 자충수를 두었고, 다른 한 놈은 정계에서 밀려난 것을 기회를 주겠다고 데리고 나왔더니 자기 공적 쌓을 생각이 앞서서 전체 그림을 모두 망가뜨리고 제멋대로 날뛰고 있었다.

이런 천지 분간 못하는 젊은 아이들을 상대하며 권력을 지켜야 하는 자신의 처지가 볼썽사납다고 김돈중은 새삼 생각했다.

"무슨 소리냐!"

함안 접경에 들어가자 우레 같은 소리가 연달아 터져 나오고 있었다. 김돈중의 말이 깜짝 놀라 날뛰는 탓에 그는 순간 낙마를 할 뻔했다.

"총소리가 아닌가 하옵니다."

"내가 일전에 듣기로는 총소리가 저리 크지는 않다고 했다."

김돈중은 조금 당혹스러운 느낌을 받고 있었다. 육안으로는 잘 보이지 않지만, 저 멀리서 흙더미가 치솟는 것이 보이는 것 같기도 했다. 분명히 멀리서 터진 소리일 텐데도 이리 큰 것을 보면, 다른 무기가 있는 모양이었다.

"저놈을 잡아라!"

상황 파악을 위해 더 이상 진군하지 못하게 하고, 잠시 군대를 정지시켜 놓은 동안에도 조용해질 만하면 다시 폭음이 터지는 통에 병사들은 잔뜩 긴장해 있었다. 그때, 전장에서 도망쳐 나오는 병사가 있기에 잡아들이게 했다.

"네놈은 이의민의 졸병이로구나. 어찌 적과 맞서 싸우지 않고 도망을 치는 것이냐!"

탈주병을 잡아온 김돈중의 동생 김돈시가 병사를 무릎을 꿇리고 다그쳤다. 상투가 다 틀어져서 머리가 봉두난발이 되고, 그 이마에서는 피가 철철 흐르는 병사는 눈이 멍해진 채로 횡설수설하기 시작했다.

"큰 소리가 나고 쇳덩이가 날아와서 터졌습니다요. 말이 다 엎어지고 사람들이 죽어 나가는데, 어디서 날아오는지도 모르니 모두 황급하여…… 다 죽어 나갑니다, 다. 도망치면 쫓아와서 이번에는 막대기로 쇠구슬을 쏘아대고……"

"이의민은 어떻게 되었는가?"

"모릅니다요. 소인은 모릅니다."

병사는 이제 아예 드러누워 엉엉 울고 있었다. 이 병사의 얼굴에 가득 묻어 있는 공포감을 본 장수들은 낭패감에 휩싸였다. 십 리는 족히 밖에서 들리는 소리만 하더라도 긴장하게 만들 정도였다. 그런데 실제로 전장에 들어갔다가는 어떤 고초를 겪게 될지 전혀 감이 잡히지 않았다.

"어찌하면 좋겠는가?"

"이의민의 군세를 구하기는 이제 어렵지 않겠습니까?"

"나도 그렇게 생각한다."

김돈중은 이를 앙다물며 고심을 거듭했다. 이미 이의민을 구하겠다고 뛰어들어서 적을 짓밟아 버리기에는 시기가 늦어 보였다. 우레 같은 소리에 진영에서 번져 나가는 긴장감과 미묘한 공포를 김돈중은 놓치지 않고 있었다.

저런 장난감 같은 것에 일만 팔천의 병력이 쉽게 놀아날 것이라고는 생각하지 않지만, 지금같이 병사들이 겁을 집어먹은 때에 전장에 밀어 넣게 되면 희생이 커지게 된다.

동래정씨를 집어삼키더라도 혹여 손실이 커지면 그때 정중부가 무슨 식으로 뒤통수를 칠지 알 수 없었다. 자신이 젊은 시절 장난으로 수염을 태워먹고 놀린 뒤로 정중부의 앙심은 풀리지 않고 있었다.

자신을 불구대천의 원수처럼 생각하는 이이니만큼 빈틈이 보이면 잘 차려놓은 상을 자기가 독식하려 들 것이 분명했다.

"일단 병력을 움직이지 않고 여기에 주둔하도록 한다. 안타깝지만, 이의민은 버리도록 한다."

애초에 천둥벌거숭이 같은 무관 출신에 대해 깊은 애정을 갖고 있는 사람이 이들 가운데에는 없었다. 더군다나 자기가 자초해서 벌인 일이니 자업자득이라는 생각도 들었다. 김돈중의 결정에 이의를 제기하는 자는 아무도 없었다.

정민의 지원군이 함안에 당도한 것인 이의민과 정명해가 막 부딪히기 시작한 시점이었다. 울주로 보냈던 2천을 제외하고 남은 병력 전부를 이끌고 온 셈이니, 거의 육천의 병력이 더해진 셈이었다.

바다에서는 어떠한 동향도 보고되지 않고 있거니와, 수군은 언제든지 동래에서 출정할 준비가 되어 있기 때문에 큰 걱정은 없었다. 사실상 함안에서의 승패에 따라서 결착이 나게 될 것이었다.

"총과 포를 운용하는 데에 여러 실수가 있었습니다마

는, 거의 직접 적병들과 부딪히지 않고 손실도 크게 없이 승기를 잡았습니다."

함안으로 진입하기도 전에 날아오는 포탄에 우왕좌왕하다 대열이 무너진 이의민의 군세는 장산국 군대를 공격할 틈을 잡지도 못하고 무너지고 말았다.

앞서서 나아오던 백여 기의 기마병들이 먼저 무너지자 이의민은 말에서 내려서 분전을 독려하였으나, 병사들은 땅에 엎드리거나 줄행랑을 치면서 대열에서 빠져나왔던 것이다.

간신히 삼백여 명의 병력을 이끌고 이의민은 포탄이 닿지 않는 거리를 파악하여 물러난 다음에, 그곳에서 산 등성이를 올라 포가 설치된 진지를 직접 유격(遊擊)하는 대안을 세웠다.

멀리서 김돈중의 군세가 그를 돕기 위해 다가오는 것을 알고서 무어라도 체면치레를 할 성과가 필요하다고 판단한 그는 병사들을 채근하여 방어산을 오르기 시작했던 것이다.

그러나 방어산에 설치한 포대에서 전황을 직접 감독하고 있던 정명해는 천리경을 통해서 이미 이의민이 수상한 움직임을 보이는 것을 탐지하고는 방어산 안쪽에서 대기하고 있던 보병 이백가량을 총으로 무장시켜서 포대로 올라오는 길목을 차단하게 만들었다.

그러는 사이에 이의민의 기대와는 다르게 김돈중은 도착한 자리에서 꼼짝을 않으면서 전장으로 들어올 생각을 하지 않았고, 정민의 오천 군세는 함안 읍성을 거쳐서 방어산 전장까지 달음박질쳐 오고 있던 것이다.

어느 순간부터 포격이 멎었을 때, 이의민은 상황이 심상치 않음을 느꼈지만, 이미 포대를 유격하는 것 외에는 대안이 없었다. 포격이 멎었다는 것은 곧 김돈중이 전장에 들어오지 않았다는 이야기거나 포대가 벌써 함락되었다는 것인데, 후자는 아무리 생각해도 가능성이 낮은 일이었다.

그러나 이의민은 여기서 물러서는 것은 생각할 수도 없었다. 애초에 무시하지 못할 공적을 세우고자 무리해서 먼저 나선 그였다. 여기서 병력 태반을 잃었으니, 포대라도 무력화시키지 않으면 나중에 일언반구 할 말이 없었다.

이미 그의 행동을 모조리 지켜보며 대비하고 있는 줄

은 꿈에도 모른 채 몇 안 되는 병력으로 포대를 지키고 있을 것이라 판단한 그는 불시에 들이치면 그곳을 무력화시키는 것은 전혀 어렵지 않을 것이라 그때에도 자신하고 있었다.

"흩어지지 마라! 이곳만 돌파하면 곧 적진을 손에 넣을 수 있다!"

그러나 이의민의 기대는 그리 오래 지나지 않아 무너지고 말았다. 수풀이 우거진 능선을 넘어서 포대가 보이는 곳에 근접했다고 판단했을 때, 우거진 나무 사이에서 화살과 총탄이 날아오기 시작한 것이었다.

자욱한 화약 냄새가 퍼지고, 어디서부터 오는지 모를 화살이 박히고, 그것을 간신히 피해 나가면 총알이 날아오는 판국이었다.

이의민은 표정이 참담하게 굳어 칼을 휘두르며 진격을 명했지만, 남아 있는 병사들도 혼란에 빠져서 숲을 빠져나가려고 아등바등하기 시작하는 상황이었다. 이의민은 측근 몇 명의 엄호를 받으면서 진격을 하려고 하였으나, 이제는 도무지 방법이 없었다.

그렇게 한 시진 가까이 숲 속에서 시달리고 나자, 어

느새 이의민 주변에는 측근 두엇을 제외하고는 아무도 남지 않았다. 그제야 적군 스무 명가량이 모습을 드러내 총을 겨누고 다가오기 시작했다. 칼을 버리라는 적장의 명에 이의민은 코웃음 쳤다.

"네놈은 무슨 근본 없는 놈이냐? 내가 일전에 너의 얼굴을 본 기억이 없다. 그딴 막대기 없이는 내게 덤빌 자신도 없느냐? 그러고도 네가 무관이냐?"

이의민의 도발에도 보병 천인대의 천부장 주흘은 표정 하나 바꾸지 않고서 다시 권고를 했다.

"지금이라도 칼을 버리면 목숨은 부지시켜 주겠소."

"웃기는 소리 마라!"

이의민은 씩씩거리며 칼을 치켜들고 주흘을 향해 달려들었다. 그러자 주흘의 곁에 있던 보병들이 화승에 불을 붙였다. 아직까지 즉각적인 사격이 가능한 총이 아니기에 뒤에서 대기하고 있던 궁병들의 활살이 먼저 이의민을 향해 쏘아졌고, 그 뒤에서야 총탄이 불을 뿜었다.

그래도 마지막까지 이의민을 지켜야겠다고 판단한 측근 가운데 하나는 이의민을 뒤에서 잡아끌고, 하나는 그 앞으로 나서서 화살과 총알을 고스란히 맞고 분사하고 말았다.

"순순히 칼을 버리시오. 마지막 기회요."

이의민은 더 이상 저항이 무의미한 것을 알았다. 그는 칼을 들어서 자기 목을 그어버리려 했으나, 옆에 서 있던 측근이 마지막까지 그것을 막아 세웠다.

"막지 마라!"

"그래도 여기서 죽는 것은 무의미하지 않습니까, 나리."

"이놈! 노비 주제에 내가 어여삐 여겨서 갑주를 입혀 주었더니, 이제는 주인을 막아세우느냐!"

이의민은 들고 있던 칼로 그 측근을 바로 내려쳐 버렸다. 측근의 목에서 피가 터져 나와서 사방에 흩어졌다. 그 광경을 보던 주흘은 순간 냉정을 견지하기가 힘들었다. 자신을 지켜주기 위해 목숨을 아끼지 않던 자를 분기를 못 이기고 베어버리는 그 졸렬함과 무도함이 어처구니가 없던 탓이다.

그는 더 이상 지체하지 않고 이의민의 다리를 노려 활을 쏘게 지시했다. 잘 조준되고 있던 활이 이의민이 자신의 노비를 죽여 버리고 헐떡거리는 사이에 허벅지와 오른쪽 등에 꽂혔다. 이의민은 갑작스러운 고통에 몸을 지탱하여 일어서 있으려고 했으나, 이번에는 왼쪽 다리에 꽂힌 화살 때문에 그만 고꾸라지고 말았다.

"허억, 허억……."

그럼에도 불구하고 이의민의 용력은 대단했다. 그를 생포하기 위해 다가온 몇 명의 병사들에게 무릎이 꿇린 채로 칼을 휘둘러 상처를 입히고, 그 가운데 한 명은 결국 목숨까지 거두고 말았다. 아예 가까이서 팔을 노리고 화살을 쏘아댄 끝에서야 이의민을 간신히 사로잡을 수 있었다.

제 발로 움직일 수 없는 것을 오라에 묶어서 산비탈을 따라 질질 끌면서 겨우 데려가 포대까지 잡아올 수 있었다.

"차라리 날 죽여라!"

화살이 몸에 꽂혀진 것만 일곱 발. 거기에 땅바닥에 질질 끌리면서 온몸이 피투성이가 된 이의민은 잔뜩 쉰 목소리로 그르렁거렸다. 그러나 아무도 그에게 자비를 베풀 생각이 없었다.

"이의민이 왔는가."

핏물이 질질 흘러 눈이 떠지지 않을 지경으로 앞이 보이지 않는데, 그에게 익숙한 목소리가 귀로 들려왔다. 이의민은 억지로 눈을 떠서 그 목소리의 주인공을 보려고 했다. 그러나 흐릿한 시야에는 그 얼굴이 또렷이 들어오지를 않았다.

"이렇게까지 하고서 나를 알아보지 못하는 건가?"

"저, 정민, 이놈! 차라리 나를 죽여라!"

이의민의 목소리에는 분기가 가득 차 있었다. 그러나 정민은 그의 도발에 전혀 동요하지 않았다.

"내가 일전에 동경에서 너의 목숨을 구해주고, 그 대가로 너는 나를 평생 봉행하겠노라 다짐했다. 그러나 옛말마따나 검은 머리 짐승은 거두어 기르는 것이 아니었다. 내가 너를 지원하여 열후(列侯)의 반열까지 올려주었더니, 이제는 옛 주인을 몰라보고 물어뜯으려 이 남쪽까지 이를 갈며 내려왔단 말이냐?"

그러나 부끄러움을 모르는 이의민은 정민의 말을 조소할 뿐이다.

"네놈도 네놈의 이익을 보고자 나를 잘 이용해 먹지 않았느냐? 서로 잘 이용해 먹다가 이제 이익이 달라졌으니, 내가 너를 베고자 찾아온다고 해서 뭐가 잘못되었단 말이냐? 임금에게도 반역하여 죽이는 세상에, 네놈 나부 랭이에게 무슨 바칠 충성이 있단 말이더냐!"

"그래? 그리 생각하느냐? 임금이 나를 핍박하고 세상 을 핍박하니 사람들이 견디지 못하고 암군을 몰아낸 것 이다. 그러나 너는 오로지 나에게는 입은 해가 없고 덕밖 에 없는데도 그것이 같다고 주장하는 것이냐?"

"시끄럽다. 더 할 말이 없으니 목을 베라."

"정녕 죽기를 바라느냐? 내가 기회를 주마. 두 팔을 잃고 목숨은 부지하여 개경으로 보내질 것인지, 아니면 동래로 끌려가서 사람들이 보는 앞에서 조리돌림을 당하 고 목이 베일 것인지."

요컨대 여기서 곱게 보내줄 생각은 없다는 이야기였 다. 이의민은 피가 섞인 침을 정민을 향해 뱉으며 그르렁 거렸다.

"차라리 여기서 죽여라!"

"더 이상 할 말이 없군. 이자를 끌고 가서 목에 칼을 채우고 팔을 단단히 묶은 다음에 동래에 보내서 목을 베 어라."

"예, 전하!"

이의민이 뭐라고 다시 말을 하려고 했으나, 입에 재갈이 물려지고 눈은 가려졌다. 그대로 목에 나무로 된 칼이 채워지는 것을 고스란히 받아들여야만 했다. 이제 남은 것은 적의 심장인 동래로 끌려가서 모욕을 당하고 목이 베이는 것밖에 없다고 생각하니 이의민은 눈앞이 캄캄해졌다.

그러나 그에게 실낱같은 희망이 하나 있다면, 그것은 김돈중이 저들을 이기고 동래를 점령하는 것이었다. 혹여 그때까지 목이 붙어 있다면 살아서는 나갈 수 있을 것이다.

물론 김돈중에게 큰 질책을 당하고 작위도 잃을지는 모르지만, 그래도 사지가 온전한 채로 살아남을 수 있을지도 모르는 일이었다.

"괜히 동래에서 흉흉한 분위기를 만들 필요는 없으니, 압송하는 사이에 잠이 든 것 같거든 조용히 베어버려서 죽음을 확인한 다음에 야산에 던져 버려라."

정민은 이의민이 끌려간 다음 정명해를 불려서 은밀하게 지시했다. 애초에 믿을 수 없는 자를 잘 타일러서 다시 중용할 수도 없는 일이고, 그럴 필요도 없었다.

물론 마음 같아서는 말한 대로 동래에서 온갖 모욕을 주고 치욕스럽게 죽게 만들고 싶고, 그것이 이 시대에서는 그다지 생경한 일도 아니지만, 정민은 장산국을 다른 나라들과 차별되는, 보다 문명화된 나라로 만들고 싶다는 목표 자체를 잊지 않았다. 그래서 그가 베풀 수 있는 마지막 자비를 베풀기로 한 것이었다. 이의민이 헛된 희망이라도 품고 죽게 해주는 것 말이다.

1166년 3월 12일. 첫 번째 전투로 이의민의 삼천 군세는 궤멸되고 이의민은 목이 베여져 그 버려진 곳조차 찾을 수 없게 되었다. 그리고 함안의 방어산 일대에는 정민이 이끄는 장산군 팔천 군세가, 거기서 20리 밖에는 김돈중의 일만 팔천 군세가, 그리고 진주성 내에는 여전히 정중부의 오천 군세가 대기한 채로 기묘한 대치전이 시작되었다.

제46장
충돌(衝突)의 끝

1166년 3월 15일.

김돈중은 이의민의 패전을 확인한 뒤로 다시 병력을 10리가량 뒤로 물렸다. 섣부르게 정민과 충돌하는 대신에 달아나고 있던 이의민의 잔병들을 잡아들여서 정확히 전투가 어떻게 진행되었는지를 파악하는 데에 주력했다.

그러고는 정민이 방어산 둘레로 쳐놓은 포대에서 날아온 포격에 큰 피해를 보고 초장에 전열이 무너진 것이 패인임을 알아차렸다.

"이런 어리석은 자를 보았나. 뇌격(雷擊)이 떨어지면 빨리 병력을 물린 다음에 거리가 닿지 않는 곳으로 우회를 했어야지."

후견지명(後見之明)이라고, 일이 일어난 다음에 그 원인과 결과를 파악하는 것은 일이 일어나기 전에 내다보는 것보다 쉬운 일이다.

직접 당하지 않은데다가 이의민이 패하게 된 원인과 결과가 뻔히 보이니 김돈중으로서는 그가 어리석어 보이기 짝이 없었다. 더군다나 이의민이 제멋대로 굴다가 자충수를 둔 셈이기도 하니, 더욱 그럴 수밖에 없는 노릇이었다.

문제는 함안으로 들어가려면 이 방어산과 그 맞은편에 있는 오봉산 사이의 고개를 지나가야 한다는 데에 있었다. 급격한 산세가 시작되는 능선을 제하고 기병과 보병을 넘어가게 할 만한 폭은 넉넉잡아 삼 리 정도의 거리였고, 양쪽 둔덕에서 포를 날린다고 가정할 때에 피해가기가 쉬워 보이지는 않았다.

"결국 길을 잘못 잡은 셈이로군."

이 고개를 넘지 않고 진군을 하려면 두 가지 방법밖에

없었다. 15리 정도를 북쪽으로 돌아서 방어산의 북쪽 능선과 남강(南江)이 만나는 곳의 좁은 길로 넘어가든지, 아니면 아주 남쪽으로 길을 돌려서 남해안을 타고 들어가는 방법밖에는 없었다.

그렇지 않으면 어느 쪽이든 산을 넘어가야 하는 것을 각오해야 하는데, 혹여나 적이 매복이라도 하고 있다면 골치 아파지는 일이었다.

"어떤 쪽을 선택하는 것이 좋겠소?"

김돈중은 고심을 하며 제후들과 장수들을 막사로 부른 다음 물어보았다. 모든 이들이 포가 깔려 있는 방어산 남쪽 고개를 넘어가는 것은 내심 바라지 않고 있는 것이 분명했다. 그러나 대안이 뾰족하지 않은 것이 문제였다.

"남강과 방어산 사이는 강을 끼고 있어 퇴로를 확보하기 어렵고, 그쪽에도 포를 대어놓았을지 알 수 없는 노릇이니 위험이 큽니다."

이공승이 조심스럽게 의견을 말했다. 그는 불가피하게 진격을 해야 한다면 바닷가 쪽의 비교적 너른 들판을 타고 들어가는 것이 옳다고 생각했다. 물론 다시 군대를 움직이고 추가적인 병량을 확보하는 것이 문제긴 했지만 말이다.

그러나 김돈시의 생각은 그와는 달랐다.

"시간이 너무 걸립니다. 저희가 움직이기 시작하면 어차피 적도 대비할 시간을 가지게 될 것입니다. 더군다나 저희는 수군이 없는데, 저쪽에서는 배를 내 육지와 바다 양쪽에서 공격해 대기 시작하면 더 골치가 아플 수 있습니다."

저런 포를 배에도 싣지 말라는 법이 없었다. 만약 바다에서도 포를 쏘아댄다면 이동하는 내내 고초를 겪게 될 것이 자명했다. 물론 어디까지나 추정에 불과하지만, 방어산 북쪽에도 포를 깔아놓았을 것이라는 것도 어차피 추정에 불과했다.

"어찌 되었든 소리가 크고 쇠공을 날려 보낸다는 것을 제외하고는 엄청나게 두려운 점은 없습니다. 다소간 보병들이 손실을 입더라도 겁을 먹지 않고 포가 떨어지는 지역만 잘 돌파한다면 적을 쉽게 제압할 수 있을 겁니다. 모르긴 해도 저런 무기에만 의존하고 있다는 것은 저들의 병력이 많지가 않다는 것을 보여주는 것일지도 모르겠습니다."

김돈시가 자신의 의견을 더욱 강조하며 말했다. 그는 남강을 따라서 군대를 전진시키는 것이 무엇으로 보나 합리적이라고 생각하고 있었다.

"흐음, 아우의 말이 옳은 것 같으이."

김돈중의 생각도 점점 김돈시의 안으로 기울어지고 있었다. 그는 성급하게 일을 벌일 생각은 없지만, 시간을 질질 끌어가면서 위험부담은 딱히 그렇게 적어지지 않는 것처럼 보이는 해안선을 따른 진격보다는, 빠르게 지금 당장이라도 기습적으로 시행할 수 있는 남강을 따라가는 공격이 훨씬 설득력 있게 느껴졌던 것이다.

"적의 동태는 어떠한가?"

김돈중은 마지막으로 결정을 내리기 전에 척후를 내보냈던 장수에게 물었다. 그는 읍을 하고서 김돈중에게 자신이 본 것을 이야기했다.

"특별한 동향은 없습니다. 다만, 듣기로는 정민이 병력을 좀 더 이끌고 함안에 도착한 모양입니다. 먼저 공격을 취하거나 병력을 전개하려는 징후는 보이지 않았습니다."

"분명히 벌써부터 함안성에서 수성전을 하려는 생각을
갖고 있는 것 같다. 최대한 저 산자락에서 포로 병력을
손실시키고 진열을 흩어놓은 다음에 기세가 꺾인 우리를
상대로 성안에서 농성을 하겠다는 속셈인 것이다."

김돈중은 최대한 상대의 입장에서 생각을 해보고자
했다. 기존 가문의 사병들을 더해서 봉토의 장정들을
모두 이끌어낸다고 한 들, 그 규모상 김돈중보다 정민
이 더 많이 모으기는 힘들었다. 이것은 합리적인 판단
이었다. 그 수가 몇 천에 불과할지, 아니면 일만을 넘
길지는 알 수 없으나, 병력은 이쪽이 우세한 것이 사실
이었다.

더구나 아군이라고는 말하기 힘들지만, 어쨌든 정민을
적대하고 있는 정중부의 군세도 있었다. 무장 상태에 대
해서는 자신의 병사들과 크게 다르지 않을 것이라고 생
각하는 것도 김돈중 입장에서는 꽤나 그럴듯한 판단이었
다.

기병을 최대한 확보하려 하였지만, 말은 전략물자이
고, 말 한 마리를 유지하는 데에 들어가는 자원도 보통이

아니었다. 물론 정민이 절영도에 목장을 가지고 있다는 사실은 알고 있다. 그러나 말만 있다고 기병이 저절로 양성되는 것은 아니었다.

말을 타는 기술이 되었든, 활을 쏘는 기술이 되었든, 그러한 기술의 가장 단점은 익히는 데에 시간이 오래 걸린다는 것이었다. 일찌감치 가병들에게 말을 내주고 말위에서 싸우는 법을 훈련시켜 온 김돈중조차 동원 가능한 기병이 고작 팔백이었다.

저들이라고 딱히 별수가 있을 것 같지는 않았다. 그렇기에 그 기발한 화약을 쓰는 포로 열세를 상쇄하려고 하였을 것이고, 최대한 병력 차를 줄인 다음에 함안에서 농성을 하려는 계획일 것이었다.

'물론 함안성을 함락시키기에는 병력의 차이가 압도적으로 우세하지는 않을 수 있다.'

수성이 공성보다 쉬운 것은 사실이고, 때문에 공성이 성공적이기 위해서는 공성하는 측의 군세가 압도적일 필요가 있었다. 그러나 만약 저들이 함안성을 전지로 택했다면, 김돈중은 굳이 거기에서 시간을 소모할 생각이 없었다.

함안까지 끌고 온 병력이 적의 주력이라면 그것을 공략하는 데에 힘을 소진시키지 않고 바로 본진인 동래까지 들어가 그곳을 점령해 버릴 작정이었던 것이다.

이왕 일이 그렇게 된다면 뒷북 치는 정중부가 함안에서 오히려 정민과 싸우게 될 것이고, 그동안 자신은 동래에서 정민의 근거지를 완전히 헐어버리고 약탈을 하면 끝날 일이었다.

"시간을 끌지 않는 것이 좋겠소. 남강을 따라 들어가겠소이다."

김돈중은 결정을 내렸다. 적이 웅크리고 있을 때를 노려야 했다. 그는 긴급하게 명령을 내려서 바로 한 시진 안에 준비를 마치고 북쪽으로 행군을 하게 했다.

당연한 이야기이지만, 이러한 김돈중 측의 움직임은 방어산에서 천리경으로 그쪽을 내다보고 있는 정민 측에게도 모두 관찰되었다. 정민은 이미 측량되어 자세하게 그려져 있는 함안 일대의 지도를 펼쳐 놓고서 김돈중이 어떠한 생각으로 병력을 움직이는지 추론해 보았다.

포의 위력을 보고 방어산 남쪽으로 돌파하는 것이 어렵다고 생각했을 것이 분명하니, 다소간의 돌아감을 무릅쓰고서라도 북쪽 능선과 남강 사이로 진격하겠다는 계산임에 분명해 보였다.

물론 이러한 전장의 흐름을 모두 계산하고 있던 것은 아니기에 방어산 북쪽으로는 포를 미리 두지 않았다. 포를 운용하는 기술이 아직 조악한 것도 사실이고, 때문에 무거운 포를 재빠르게 움직여서 그쪽에다 설치하는 것이 가능하지도 않았다.

조금 위력이 떨어지고 명중률 같은 것을 거의 포기하는 대신에 바퀴 달린 포가(砲架)에 포를 싣고 말에 끌고 가게 만든 이동용 포도 여럿 만들어두어 아쉬운 대로 쓸 수 있겠으나, 이번에는 적에게 포를 전략적으로 사용하는 것에는 한계가 있었다.

그러나 정민은 그 점에 있어서는 전혀 걱정을 하지 않았다.

함안성의 문을 걸어 닫고 농성으로 적을 맞서자는 정명해의 의견도 따를 생각이 없었다. 대신에 정민은 혹시 모를 때를 대비해서 동래에서부터 따로 훈련시켰던 보병 천인대 하나를 이번에 활용할 생각을 품었다.

이들은 모두 장창(長槍)으로 무장하고 몇 달에 걸쳐서 기병을 막는 훈련을 받았다. 어지간한 활에 의한 공격에도 방어할 수 있도록 갑옷을 단단히 하고 대열의 앞에 서서 장창으로 기병이 접근하지 못하게 막는 것이었다.

정민은 이 창병들로 하여금 총병들을 둘러싸게 하고, 총병들은 그 방진(方陣) 안에서 순열을 돌아가면서 장전하고 총을 쏘는 방식으로 적에게 대응하는 전략을 구사하게 할 작정이었다.

총으로 무장한 보병대 두 개와 창으로 무장한 보병대 하나를 섞어서 나누면 다시 천 명씩으로 이루어진 세 개의 대적 방진을 구성할 수 있었다.

기병은 천 명만 내 오백씩 나누어 이 두 개의 방진 사이에 넣고, 적이 남강 변을 돌아서 개활지로 나오는 길목에서 진을 치고 있다가 막을 생각이었다.

그사이 이동용 포를 설치하고, 적들이 나오자마자 포로 교란시킨 다음에 다가오는 병력을 향해 방진을 천천히 전개시켜서 궤멸시킨다는 것이 기본적 작전의 요지였다.

이 모든 작전을 수행하는 데에 오천오백 정도의 병력이면 충분하다는 계산이었고, 나머지 병력은 혹여 모를 정중부의 도발에 대비하기 위해서 여전히 방어산 남쪽 사면의 고개에 배치시켜 두기로 했다.

김돈중을 맞서는 군대는 정민 자신이 직접 지휘하고, 방어산은 정명해가 계속해서 맡기로 결정한 다음에, 정민은 바로 부대를 움직여서 김돈중이 빠져나올 길목에다가 직접 배치하기 시작했다.

물론 어느 정도는 모험이기도 했다. 총병과 장창병을 뒤섞어서 방진을 짠다는 것은 일종의 16세기에 유행하던 스페인 식 테르시오 방진을 짜는 것과 비슷한 것인데, 전혀 이러한 방식으로의 전투를 훈련 받지 않은 병사들을 조합하여 맞선다는 것이 도박일 수 있었다.

그러나 그럼에도 정민이 이런 결정을 내릴 수 있던 것은, 적의 기병 숫자가 많지 않고 이쪽에도 그만한 기병이 있기 때문이었다.

더군다나 기병의 훈련 정도에도 정민은 자신이 있었는데, 갈라전에서 돈을 주고 사 온 여진인들이 끼어 있는데다가, 절영도 목장을 운영하면서 기마술도 꾸준히 훈련시켜 온 정예 목부(牧夫)들도 다수 포함되어 있는 구성이었기 때문이다.

"포는 활을 든 궁병들이 지키도록 하고, 이들이 필요에 따라서 총병들을 거들어주면 도움이 될 것이다."

이번에 동원 가능한 포는 고작 열 문가량이었다. 위력이 크지 않고, 적이 가까이 왔을 때야 사용할 수 있는데, 그러면서도 아군에 피해를 주어서는 안 되기 때문에 운용이 까다로웠다.

반동도 어마어마하고, 아직 화약과 발포각을 조절하여 사거리와 목표점을 조준하는 기술이 많이 발달되지 않아서 필요한 부분에 타격을 가한다기보다는, 소리와 어디로 떨어질지 모르는 포탄에 대한 공포감으로 적을 혼란스럽게 하는 정도의 역할이 전부일 터였다.

때문에 이번 전투의 승패는 전적으로 방진을 짜서 적을 패배하게 한다는 전략이 얼마나 성공적이냐에 좌우되게 될 것이었다.

'적의 다수는 보병이고, 결국 기병이 무너지면 총과

왕의아침

포로 공격을 하는 데에 이겨낼 방법이 마땅치 않을 것이다.'

정민은 결전이 벌어질 장소로 남강을 경계 삼아 진주목의 속현인 의춘현(宜春縣, 現 경남 의령군)과 접한 벌판을 선택했다. 훗날 곽재우가 임진란 때 의병을 일으켜 적을 이기고 난 다음에 그것을 기념하여 세운 정암루에서 멀지 않은 지역이었다.

물론 정민이 그러한 것을 고려하여 지역을 택한 것은 아니었으나, 생각한 대로의 방진을 전개시키기에는 적당히 괜찮은 곳이었다.

"오거라."

정민은 지시한 대로 벌판 위에 전개하여 적이 오기를 기다리고 있는 자신의 군대를 보며 중얼거렸다. 얼마 지나지 않아 남강을 따라서 적의 예봉(銳鋒)이 보이기 시작하고, 적의 접근을 알리는 징소리가 귀를 때릴 듯이 울려왔다.

"병력이 고작 저 정도라니, 사분의 일도 안 되어 보이는구나."

기병을 앞세워서 들어온 김돈중은 좁은 강변 끝에 나타난 개활지에 진을 치고 있는 정민의 군세를 보고 코웃음을 쳤다. 창을 들고 오밀조밀하게 서 있는 덩어리들이 있지만, 그 수는 많아 보이지 않았고, 양쪽 끝으로 깃발을 들고 수가 많아 보이기라도 하려는 목적인지 널찍이 간격을 두고 서 있는 기병들은 그다지 강력해 보이지 않았다.

기병의 수가 생각보다 적지 않은 것이 놀라웠지만, 김돈중 자신이 이끌고 온 기병들과 맞선다고 치더라도, 결국 절대적인 보병의 수 차이가 성패를 가르게 될 것이었다.

"더군다나 포도 없고 말이야. 허허."

김돈중은 본래 쉽게 의심을 풀거나 예단을 하는 성격은 아니었으나, 이번만큼은 어처구니가 없어서 절로 웃음이 나오고 말았다. 정말 이런 장소에서 압도적인 병력 차를 상쇄하고자 한다는 것은 말이 되지 않는 이야기였다.

정민이 조금이라도 승기를 잡고 버티기라도 하려면 함안성에서 웅크리고 앉아서 수성을 해야 했다. 물론 김돈중 자신은 거기에 응해줄 생각도 없었지만 말이다.

"이건 원, 생각보다 쉽게 끝나겠군요. 정민, 이자가 이제는 꺼내 들 수가 마땅치 않으니 결사를 각오하고 배수진을 친 모양입니다."

끝까지 경계를 풀지 않던 이공승마저도 긴장이 한 번에 풀어질 정도였다. 역시 고개를 넘어올 줄 알고 포격으로 승부를 보려고 했던 것이 분명해 보였다. 그것이 틀어지니 이제 딱히 수가 없어 모든 병력을 이끌고 죽든 살든 결판을 내겠다는 것으로밖에 보이지 않은 것이다.

"기병은 창병이 진을 치고 있는 곳으로 돌격시키지 말고 적 기병에 맞서게 하고, 보병들은 천천히 적의 본대를 치도록 하라!"

김돈중의 명이 떨어지자 병력이 천천히 앞으로 나아가기 시작했다. 저쪽에서 병력을 움직여 오기 시작한 것을 확인한 정민도 타고 있던 자신의 오랜 애마, 죠보훈을 앞으로 몰아 나아가면서 병사들을 독려했다.

"기병들은 섣부르게 움직이지 말고, 포병들은 장전을

마쳐 놓고 적이 사정거리에 다가오기를 기다려라. 창병
들은 포의 사격이 끝난 직후에 적의 기병을 노리고 천천
히 움직이기 시작한다!"

정민의 명이 떨어지자 전장에는 긴장감이 감돌았다.
육안으로 서로가 보이기는 하지만, 아직 거리는 꽤나 있
었다. 창병들이 포진해 있는 것을 본 적의 기병들은 섣
부르게 돌격해 들어오지 않고, 양쪽 측면에 진을 치고
있는 장산국 기병들을 노리고 우회기동을 하는 모양새
였다.

정민은 이때에 기병들에게 명하여 오히려 육박해 들어
오는 적 기병들을 감싸 안는 형국으로 중앙으로 몰아넣
도록 하였다.

우회하여 속전속결로 전투를 벌이려 했던 적 기병들은
갑작스럽게 측면으로 싸고 들어오는 장산국 기병들의 움
직임에 간신히 전열을 가다듬고 맞서기 위한 준비를 하
느라 순간 방향을 잃고 말았다. 달려오던 속도가 있기에
적 기병들은 엉거주춤하는 사이 포의 사정거리에 들어오
고 말았다.

"방포하라!"

명이 떨어지자 보병대 사이로 전개해 있던 열 문의 포가 적 기병들이 몰아넣어진 곳을 향해 뿜어졌다. 명중률은 형편없지만, 꽤나 넓은 범위에 산개하며 돌격해 들어오고 있던 적 기병들을 교란시키기에는 충분하고도 넘쳤다.

"워! 워!"

쏟아지는 포탄에 깜짝 놀라서 기병들은 다시 주춤했다. 그러나 그 틈을 타서 정민의 기병들은 아예 적 보병의 측면으로 바로 달려 나가 공격하기 시작하고, 총병을 둘러싼 창병들의 방진은 천천히 앞으로 나아갔다.

이미 대열이 무너진 기병들은 창병들이 몸을 낮추면 기다렸다는 듯이 몸을 드러내고 사격을 가하는 총병들의 공격 때문에 순식간에 엉망진창으로 무너져 내리기 시작했다.

가까스로 총알을 뚫고 돌격해 들어온 기병들도 단단하게 총병들을 다시 감싸 안으며 3열에 걸쳐서 높이가 다르게 장창을 치켜든 창병들을 뚫지 못하고 쓰러지기 시작했다. 순식간에 그렇게 팔백에 달하는 김돈중의 기병들이 모두 무력화되고 말았다.

"이, 이게 무슨 일이냐! 좌측과 우측의 병사들은 적 기병을 막아 세우고 중앙은 돌격하여 적군을 섬멸하라!"

김돈중은 갑작스러운 전황의 변화에 당혹감을 숨기지 못했다. 이러한 전개는 전혀 예상치도 못한 것이었다. 보병들은 엉거주춤하면서 앞으로 나아가기는 하지만, 이미 앞에서 쓰러져 있는 기병들의 모습을 보면서 나아갈 용기를 점점 잃고 있었다.

무장 상태가 그다지 좋지도 않거니와, 구식 진형을 갖추고 있는 그들이었다. 단단하게 사각의 방진을 만들고서 앞에서 오연히 도열해 있는 장산국의 대열을 보고서는 절로 기가 죽고 마는 것이었다.

"어서 진격하라!"

꽹과리와 징을 치면서 독전(督戰)을 해보나 그다지 소용이 없었다. 점차 장산국 군대의 방진들은 앞으로 나아오기 시작하고, 좌측과 우측은 장산국 기병들이 쓸고 지나가 대열이 무너져 내렸다. 이미 장산국 기병의 선봉은 김돈중군의 후미까지 다다르고 있었다.

"명주공, 이러다가는 퇴로도 없이 패하게 될 판입니다. 어서 결단을 내리십시오!"

후방까지 다가와서 중간으로 밀어붙이기 시작한 장산국 기병대를 뒤돌아보고서는 이공승이 다급하게 외쳤다. 머리수로 보면 여전히 훨씬 우세했으나, 이공승이 보아도 지금 앞에서 버티고 있는 정민의 보병대의 단단한 대열에 비하면 지금 자기들 군대는 오합지졸로 보일 지경이었다.

그사이에 다시 방포 준비를 마친 열 문의 포가 이제는 아까 기병이 있던 자리로 엉거주춤 밀려들어 온 김돈중군의 보병대 선봉을 향해서 발포되었다. 여전히 겨우 열 문의 포가 발포된 것에 불과하고, 타격 지점도 따로 없지만, 기병에 비해 훨씬 밀집되어 있던 보병들에게 가하는 심리적 압박감은 더한 것이었다.

앞으로는 창을 꼬나들고서 단단히 서 있는 창병들 사이로 총구를 겨누고 있는 정민의 보병들이 있었고, 뒤로는 기병대에 쫓겨서 앞선 자기편 보병들을 밀어 붙이고 있는 아군들이 위치했다. 앞의 한 줄이 쓸려 나가면 다음 한 줄이 죽음을 기다리는 차례가 되는 판국이었다.

김돈중군의 보병들은 아연실색하여 경황없이 허공으로

칼을 내지르고 있는 판국이었다.

"비어 있는 곳으로 일단 퇴각한다!"

이러다가는 병력을 모두 잃게 될 것이라고 직감한 김돈중은 전장으로 들어왔던 방향을 돌아보았지만, 이미 그곳은 장산국 기병들에 의해 막혀 있는 상황이었다.

함안 방향인 남쪽에서는 이미 정민의 보병대 방진이 압박하며 밀어붙여 오고 있고, 포가 멎었나 싶더니 총과 화살로 공격을 해 대고 있었다. 막상 명을 내리고 보니 이제 피하는 것이 가능해 보이는 것은 북쪽으로 흐르고 있는 남강뿐이었다.

'큰일 났구나!'

김돈중은 그제야 자신이 단단히 착오를 저질렀음을 깨달을 수 있었다. 애초에 전쟁이라고는 경험해 보지 않은 그였다. 그저 비슷한 수준의 병사들을 이끌고 머릿수로 결판을 내는 것 외에는 다른 형태의 전략을 고심해 보지 않은 그였다.

그런데 예기치 않은 포와 총의 공격을 받고, 창병으로 총병을 둘러싸서 공격할 틈을 단단하게 틀어막은 채로 이쪽을 압박해 오는 적의 전술에는 속수무책이었다.

더군다나 강을 낀 개활지가 이런 사지(死地)로 돌변할 수 있을 것이라고는 전혀 생각지도 못했던 것이다.

"으헉!"

명이 떨어지자 이제는 주저 없이 병사들은 칼까지 내던지면서 남강을 향해 달려갔다. 어떻게든 강이라도 헤엄쳐서 건너 목숨이라도 부지하려는 생각밖에는 없어 보였다.

그러는 사이에 옆에서 칼을 휘두르며 병사들을 독려하고 있던 동생 김돈시가 목덜미에 총알을 맞고서 단말마의 비명을 지르며 말에서 고꾸라지고 말았다. 그것을 예기치 않게 두 눈으로 똑똑히 보고 만 김돈중은 순간 머리에서 피가 거꾸로 솟으며 아찔해지는 기분이었다.

"돈시야!"

동생의 이름을 외쳐 보지만 대답이 없었다. 그는 눈을 질끈 감고서 어떻게든 남은 병사들이라도 수습해 살리기 위해 대열을 유지하면서 강변으로 가도록 이끄는 수밖에 없었다.

타다다다당!

그러는 사이, 자욱한 화약 냄새가 훅 끼치면서 다시

한 번 여러 방향에서 총구가 불을 뿜는 소리가 들렸다.

"명주공! 어서! 갑주를 버리고 헤엄이라도 쳐야 할 것입니다!"

이미 차디찬 남강 물에 들어가서 다급하게 외치는 이공승을 보며 김돈중은 그 자리에서 입술을 잘근 씹었다. 뒤돌아보았지만 이미 쓰러진 동생의 모습은 보이지도 않고, 완전히 대열이 무너진 채로 겁에 질려 강으로 쏟아져 들어오는 수천의 병사들의 모습만 보일 뿐이었다.

자신을 둘러싼 채 엄호하고 있는 사병들의 어깨 떨림이 그들도 지금 상황을 당혹스럽고 두렵게 느끼고 있다는 사실을 말해주고 있었다.

'아주 져버렸구나. 이를 어찌해야 할까.'

김돈중은 아무런 생각이 들지 않았다.

김돈중에게 그나마 다행인 것이라면, 회전이 일어진 개활지 바로 북쪽으로 흐르는 남강의 폭이 300척(대략 90m)도 되지 않는다는 점이었다. 더군다나 아직 봄이라 유량이 많지 않고, 물살도 크게 거세지 않았다.

그렇다고 전장을 이탈하는 것이 용이하지만은 않았다. 남강 물에 몸을 던진 다음에도 화살에 맞아 죽고, 총알에 피격되고, 헤엄치다 물에 고꾸라지며 죽어 나간 인명이 부지기수였다.

갑주까지 던져 버리고 간신히 도움까지 받아가며 헤엄을 쳐 강 반대쪽 늪지에 도달해서 우거진 갈대 사이로 몸을 숨겼을 때, 김돈중은 차라리 죽는 것이 낫겠다는 생각이 들 정도로 몸이 완전히 탈진해 버렸다.

'결국 이렇게 되고 마는 것인가! 하늘도 무심하구나! 땅에 용을 냈으면 다른 용을 내지 말았어야 하거늘, 어찌 서로 맞부딪히게 만들어 나로 하여금 제물이 되게 하는가.'

자신보다 앞서서 남강으로 뛰어들었던 이공승의 모습은 보이지 않았다. 이의민은 패전 뒤로 행방을 알 수 없고, 김돈시는 아마 전장에서 고꾸라진 뒤로 목숨을 건지지 못했을 것이다.

자신도 이제 여기서 살아 나갈지 그 여부를 알 수 없

으니, 그나마 아들인 김군수(金君綏)를 전장으로 끌고 나오지 않은 것이 다행이었다. 막심한 타격을 입겠지만, 가문의 적손이 살아 있고, 아직 봉토도 남아 있으니, 언젠가는 재기를 할 수 있을 것이었다. 그러나 이제 고려 천하를 손바닥에 놓고 쥐어흔들겠다는 야심은 모두 물거품이 되고 만 것이다.

'화약의 힘을 너무나 얕보았다.'

얕보았다기보다도 정확히는 그 위력에 대해서 짐작조차 하지 못하고 있었다. 김돈중은 패배의 원인을 그곳에서밖에 찾을 수 없었다.

몇 시진 전까지만 하더라도 장담을 했듯이, 병력의 우세를 바탕으로 손쉽게 정민을 토평할 수 있을 것이라는 기대가 얼마나 헛된 것이었는지, 김돈중은 지금 생각하면 자신의 만용이 아찔하기만 했다.

그러나 이미 전투의 결과는 결정이 된 셈이고, 이제 고려 전토에서 당분간 정민의 행동에 제동을 걸 사람은 사라지게 되었다.

물론 황제가 예전 동북 9성을 개척할 때처럼 국력을 모두 짜내어 20만의 대병을 동원하여 정민을 공격할

수도 있을지 모른다. 그러나 황제가 그렇게까지 할지
도 의심스럽거니와, 그러한 20만 대군을 데리고 오더
라도 과연 정민을 손쉽게 이길 수 있을지도 의문이었
다.

강과 산, 그리고 바다에 의지하여 방어가 용이한 지역
에 있는데다가 압도적인 화약 무기와 진법상의 탁월함까
지 더해져서 지금으로서는 어떻게 해도 그것을 깰 만한
방법이 생각이 나지 않았다.

'아차 하는 사이에 진짜 용이 승천을 하였구나.'

무릎까지 푹푹 꺼지는 늪지의 갈대 사이에서 몸을 숙
이며 숨어 있으면서 김돈중은 저도 모르게 탄식이 나왔
다. 강바람이 젖고 찢어진 옷을 훔치며 지나가자 몸에 오
한이 들었다.

당장 이곳에서 빠져나가고 싶었지만, 아직 늪지 방향
을 향해 화살이 날아오고 있었다. 조금 조용해졌다 싶으
면 바로 포탄이 사방으로 날리고 있었으니, 함부로 몸을
드러내서 움직이기에 곤란한 점이 많았다.

좋든 싫든 밤이 오기만을 기다리는 수밖에 없는데, 그
사이에 충분히 추격을 위해 저들이 건너오고도 남았다.

"조심히 움직여 보자."

김돈중은 바로 옆에서 끝까지 자기를 지키고 있던 노복 만동(萬同)에게 나직이 말했다. 만동은 고개를 끄덕이고서는 앞장서서 갈대밭을 조금씩 헤치고 나아가기 시작했다.

칼도 없고, 활도 없었다. 무기를 모두 강에 버리고 도망쳐 나왔기에 몸을 지킬 수단이 없었다. 그저 사위의 경계를 게을리하지 않으면서 한 발짝씩 나아가는 수밖에 없었다.

"으아악!"

그러는 사이에도 강가에서는 포탄이 떨어진 자리로 물기둥이 치솟고, 늪지 저편 어디쯤에서는 병사들이 활을 맞고 지르는 비명 소리가 들려왔다.

"주인 나리……."

그렇게 얼마쯤 나아갔을까. 앞서 나가던 만동이 떨리는 목소리로 자신을 불렀다. 그는 당혹스러운 표정으로 갈대밭에서 1리쯤 밖을 가리켰다. 그곳에는 이미 강을 건너온 적의 기병들이 패잔병들을 잡아들이기 위해 진을 치고 있었다.

김돈중은 그제야 모든 것이 끝났음을 직감했다. 이곳을 빠져나가는 것이 가능하지 않아 보였다. 어떻게든 목숨을 건져 보겠다고 칼을 내던지고 강을 헤엄쳐 나온 것이 이때만큼 후회가 되는 적이 없었다. 칼이라도 있었다면 자진하여 스스로 깨끗하게 목숨을 끝냈을 것이다.

제47장
후과(後果)

뒤늦게 김돈중이 완전히 대패를 했다는 것을 알게 된 정중부는 허겁지겁 군대를 이끌고 함안 접경까지 나아갔다. 그러나 들려온 이야기만 놓고 판단해 보건대, 자신의 오천 병력으로 정민을 격파하고 동래까지 나아가는 것은 거의 불가능한 이야기였다. 다만, 시기를 보다가 모든 것을 놓치고 말았다는 것이 답답할 뿐이었다.

"김돈중이 혹여 살아 있는지, 살아 있다면 정민에게 붙들려 있는지를 확인해 보아라."

정중부는 화급하게 명령을 내렸다. 김돈중의 신병이라

도 확보하지 못한다면 자신은 이번 출정으로 얻은 것이 하나도 없게 되는 셈이었다. 그리고 얼마 가지 않아 김돈중이 정민에게 붙잡혀 있는 것 같다는 정탐 결과를 얻었다.

"결국 이리되는가."

정중부는 입맛이 썼다. 얻은 것도 없지만, 잃은 것도 없었다. 그러나 자신이 행한 것이 아무것도 없으니 다시 곡주로 돌아가 죽을 때까지 개경은 보지도 않고 누워 있어야 할 처지였다.

"장산왕에게 병력을 곱게 물리겠으니 김돈중의 신병을 양도해 달라 간곡히 청해봐야지요."

사위 송유인은 이미 정민을 장산왕이라 높여 부르고 있었다. 정중부는 그 말에 심기가 순간 상했지만, 그렇다고 사리 분별이 안 되는 사람은 아니었다. 이제 명실상부하게 정민의 지위와 권력에 대거리를 할 사람은 없을 것이었다.

"그래, 그래야지. 어쩔 수가 있나."

"제가 직접 다녀오겠습니다."

"괜찮겠는가? 혹여 목이라도 베인다면……."

"저희는 아무것도 하지 않지 않았습니까. 장산왕이 그리 무도한 사람은 아닐 것입니다."

송유인이 자청해서 결국 정민의 진영으로 나아갔다. 전란의 흔적조차 없는 함안 성문을 들어서서 성내를 나아가는 동안 송유인은 결국 정민이 이길 수밖에 없던 이유를 알아차릴 수 있었다.

병사들의 기율은 알 수 없으나 적어도 그 외관으로 보건대, 굶주리고 피폐해진 채로 전장으로 내몰아진 김돈중의 군세와는 다르게 모두 잘 먹고 활기가 있는 모습이었다. 단순히 전투에서 이겼기 때문에 그렇다는 것이 아니라, 평소의 보급 상태가 그만큼 좋다는 이야기였다.

총포의 위력을 직접 견식하지는 못하였지만, 이렇게 준비가 된 병사들이 그러한 무기를 사용했다면 김돈중군을 격파하는 것쯤은 일도 아니었을 터다.

'괜히 김돈중을 거들거나 공을 탐내서 먼저 끼어들거나 하지 않기를 잘했다.'

송유인은 거듭 생각해 보아도 지금의 결과가 자신들에게 있어서도 최선임을 부정할 수 없었다. 김돈중보다 먼저 공을 세우겠다고 달려들었다가는 이의민의 꼴이 났을 것이요, 괜히 김돈중과 불편한 동거를 하면서 같이 전장에 나아가 봐야 똑같이 패전하고 지금쯤 오랏줄에 묶여서 처분만 기다리는 처지가 되었을 것이다.

'어쩌면 아주 불귀의 객이 되어버렸을 수도 있지.'

그렇게 생각하니 송유인은 몸에 소름이 돋았다. 그러면서 저도 모르게 기가 죽었다. 자신은 권력에 줄을 대기 위해 조강지처도 버리고 정중부의 딸을 처로 삼아서 이곳까지 올라온, 가진 것이라고는 세 치 혀밖에 없는 인물이었다.

그러나 자신보다도 어린 장산왕은 자기 손으로 대업을 일구어내 이제는 한 나라의 왕이 되었다. 고려의 천하가 열린 이래로 저러한 입지전의 인물이 있었던가.

'절대 적이 되어서는 아니 된다.'

송유인은 다시금 속으로 다짐하며, 함안 정청으로 나아가 정민이 자신을 접견해 주기만 하염없이 기다리는 수밖에 없었다. 그렇게 몇 시진을 기다리고 나서야 정민이 나와서 앉았다.

"곡주백의 사위 되는 송유인이라고 하옵니다, 전하."

"무슨 일로 오셨소? 무도한 무리를 평정한 지 겨우 하루가 지나지 않았소. 허튼소리를 할 참이면 돌아가시오."

정민의 반응은 쌀쌀하기 짝이 없었다. 애초에 자신들
또한 이 난전에 밥숟갈이라도 얹을까 싶어 내려온 것을
정민이 모를 리 없었다. 그러나 송유인은 어떻게든 이러
한 긴장을 풀고 좋은 관계를 다져 놓아야만 했다.

"먼저 승전을 축하드리옵니다, 전하. 저의 장인인 곡
주백은 폐하의 부월을 받아 혹여 김돈중이 무도한 짓을
하거든 바로 참하여 개경으로 압송하라는 밀지를 받아
들고 내려온 것이나이다. 그리하여 그 시기를 보고 있던
차에 김돈중이 함부로 날뛰어 이러한 상황을 자초하게
되었습니다."

"폐하께서 진정 그러한 명을 내리셨소?"

정민의 물음에 송유인은 고개를 끄덕이고서는 정중부
에게 받아와 품에 곱게 싸 들고 있던 부월을 꺼내 보여주
었다.

"어처구니가 없군."

정민은 저도 모르게 실소를 흘렸다. 이 와중에 황제가
뒤에서 꾸미고 있던 공작을 보니 뭐라고 말하기 어려운
복잡한 기분이 되었던 것이다. 그 부월을 보는 순간 황제

가 꾸미고 있던 것이 무엇인지 가닥이 잡혔다.

김돈중이 자신을 간신히 이기고 나면 그 틈을 타서 정
중부로 하여금 김돈중까지 쓸어버리게 하고, 개경으로
올라온 정중부에게는 적당히 벼슬 하나 주면서 이고로
하여금 계속 견제하게 하려는 속셈이었다. 그 와중에 황
권은 강화될 것이고, 그간의 괄시에 대한 설욕도 두루 하
게 되는 셈이었다.

"전하."

"그래, 그래서 내게 지금 김돈중의 목을 내어달라는
것이오?"

"목숨이 붙은 채로 신병을 넘겨주시면 아니 되겠습니
까?"

정중부의 입장에서는 김돈중을 산 채로 넘겨서 황제가
직접 처결하도록 기회를 만들어주는 것이 훨씬 정치적
이득이었다. 물론 평생의 원수처럼 여기던 김돈중이니,
얼굴을 보는 순간 정중부는 그 목을 직접 베어버릴지도
몰랐다.

그러나 정민으로서도 자신에게 대적한 자의 결말을 똑
똑히 병사들로 하여금 보게 할 필요도 있었다. 그리고 적

의 수괴를 단죄하는 것을 보아야만 병사들도 이 전쟁이 끝났음을 체감하고 다시 일상으로 돌아갈 수 있는 것이다.

"아니 되오."

"전하."

"여가 잡은 적이니 여가 직접 처결할 것이오."

"조금의 은혜를 베풀어주십시오, 전하. 그 은혜를 절대 잊지 않겠습니다."

"그런 것을 몰라서 예까지 병력을 끌고 오셨소?"

"말씀드렸다시피, 전하를 공격코자 함이 아니라 김돈중을 베고자……."

"이보시오. 그래서 김돈중이 여를 핍박하는 동안 강 건너 불구경을 하고 계셨소이까?"

정민의 말의 송유인의 입이 그만 닫혔다. 뭐라고 할 말이 없던 탓이다.

그런 송유인을 싸늘하게 내려다보며 정민이 말을 이었다.

"내일이 되면 간략히 그 죄를 물어 김돈중의 목을 베고 사흘간 함안 성문에 그 목을 내걸어둘 것이오. 효수된 목이라도 그다음에 가져가려거든 소금에 절여 가져가시오. 죽은 자의 목이 무슨 소용이 있겠냐마는 말이오."

"감사하옵나이다, 전하."

송유인은 그것만이라도 감지덕지였다. 뭐라도 황제에게 가져가서 공로가 있다고 주장할 근거가 필요했다. 갑작스럽게 화색이 돈 송유인을 보며 정민은 어처구니가 없었지만, 굳이 더 이상 충돌을 빚어서 좋을 것도 없으니 이쯤에서 조금 양보를 해주기로 한 것이었다. 물론 황제든 정중부든 자신을 건드리지 말라는 경고의 표시이기도 했다.

이튿날.

함안의 관부 앞에는 단두대가 설치되었다. 정민이 사람들을 시켜 준비하게 한 것이었다. 처음 보는 장치 앞에서 이것이 어떤 용도로 쓰이는지 짐작을 하지 못하고 있던 사람들은, 그것이 죄인의 목을 베는 데 쓰일 것이라는 듣고는 놀랍다는 듯이 쳐다보았다.

이 시대의 처형 방식은 다양했다. 망나니에게 참수하게 하거나, 목에 끈을 걸어 교수형을 하거나, 혹은 좀 더

잔혹한 방식으로 거열(車裂)이나 허리를 동강 내는 요참
(腰斬) 따위도 드물지 않게 집행되었다.

현대에서는 혹여나 무고한 인명이 잘못된 판단으로 돌
이킬 수 없는 처벌을 받게 되는 것을 막기 위해 사형보다
는 가석방 없는 종신형이 더 나은 대안이라고 생각하던
정민이지만, 지금의 시대에서는 전혀 설득이 되지 않을
논리였다.

중죄인의 목이 베이는 것은 당연하거니와, 역설적으로
단두대같이 깔끔하게 고통 없이 목을 한 번에 베어주는
참수형이 더 온건한 사형 방식이라 여겨지는 것이다.

그 때문에 정민의 막하에서도 단두대에 반대하는 자들
이 많았다. 경고를 제대로 전달하기 위해서라도 가급적
이면 잔인한 방식으로 많은 사람들이 보는 앞에서 죽여
야 한다는 것이었다. 그러나 아무리 적이었다고 하더라
도, 한때는 같은 목적을 위해 함께한 적도 있기도 한 김
돈중을 잔혹하게 죽이고 싶은 생각까지는 정민에게 없었
다.

"깔끔하게 보내주는 것이 좋겠다."

정민은 논란을 일축하고 일러준 대로 단두대를 준비하

도록 시켰다. 그리고 요식적이기는 하지만 처형을 집행하기 전에 재판도 받도록 하였다. 앞으로 왕명 하나에 목을 베거나 할 수 없도록 절차적으로 재판을 거치도록 선례를 만드는 것이다.

물론 아직은 준용할 만한 법전도 없고, 법을 집행할 만한 전문 인력도 없었다. 때가 되면 법률 제도를 정비할 생각이나, 아직까지는 그럴 기회가 없었다.

"죄인 김돈중은 고개를 들라."

단두대에서 멀지 않은 곳에 차려진 임시 재판정으로 끌려 나와 무릎이 꿇려 앉혀진 김돈중은 기력이 다한 눈빛으로 공허한 하늘을 쳐다볼 뿐, 대답이 없었다.

그 광경은 함안의 백성들뿐만 아니라, 이 전쟁에 참여했던 정민의 병사들, 그리고 포로로 잡힌 김돈중의 병사들, 그리고 함안에 남아 있던 함안 조씨 사람들까지 다 나와서 보고 있었다. 물론 정중부가 보낸 송유인까지도 말이다.

"죄인은 황제 폐하의 칙명으로 영원히 장산국왕 전하께 봉해진 장산국의 국토를 이유 없이 침범하고, 군민을 공격하였으며, 공연히 전하를 죽여서 무명을 드높이겠다는 참람한 이야기를 공언하고 다녔다. 이에 관하여 사실과 다른 점이 있는가?"

앉아 있는 정민을 대신하여 동래에서 올라온 형조판서 김부가 그간의 심리(審理)된 것을 바탕으로 김돈중에게 묻고 있었다. 그러나 김돈중은 묵묵부답. 하늘로 향해진 시선을 내릴 생각이 없어 보였다.

"마지막 기회요. 죄인은 대답하시오."

"……"

"아무 대답이 없는 것으로 보아 인정하는 것이라 알겠소. 죄인이 죄목을 인정하였으므로 이에 마땅한 판결을 내릴 것이니, 그간의 고례를 검토하여 적장을 처분하는 것으로 보아 목을 베되, 삼세에 걸쳐 공경대부를 지내고 명주공으로 봉해진 죄인의 신분을 고려하여 고통 없이 단두(斷頭)의 형으로 목을 베도록 한다. 나졸들은 죄인을 끌고 나가 단두대에 목을 뉘도록 하라."

"헛헛헛."

그제야 김돈중은 헛웃음을 터트리며 정민을 노려보았다.

"끝까지 나를 모욕하고 조롱하는구나, 이 천둥벌거숭

이야! 네놈의 권력이라고 천년만년을 누릴 것 같으냐? 교만하게 굴지 마라. 그 꾀만을 믿고 함부로 설치다가는 언젠가는 다른 이에게 목이 베이게 될 날이 올 것이다."

김돈중은 가래침을 퉤, 뱉으면서 정민을 향해 독설을 내뿜었다. 그러나 정민은 전혀 미동 없이 김돈중의 그 모습을 지켜보기만 할 뿐이었다.

김돈중은 적당히 욕심을 부렸어야 했다. 올라간 자리에 만족하고 거기에서 멈출 생각이었다면 이러한 사달은 결코 벌어지지 않았을 것이다. 그러나 권력이라는 것이 늘 그것을 추구하는 데에는 끝도 없는 법이다. 하나를 가지게 되면 둘이 탐나고, 둘이 있으면 전부를 바라게 되는, 그런 것이다.

"여는 더 이상의 권력에는 관심이 없소. 개경 쪽으로는 눈도 돌리지 않을 것이오. 저주를 해보아야 그리 이루어질 일을 여가 하지 않을 터이니, 모두 헛된 외침만 되겠소. 그럴 바에는 차라리 만세에 교훈이 될 법한 유훈이라도 남기고 죽는 것이 좋았을 것이오."

이미 재갈이 물려진 김돈중은 정민의 말에 대답을 할 수 없었다. 몸부림치며 단두대에 목이 걸리더니, 이내 포기한 듯 잠잠해졌다. 정민은 무거운 마음으로 형을 집행할 것을 명했다.

"집행하라."

이내 단두대의 날을 붙잡고 있던 줄이 놓아지면서 순식간에 사선으로 된 칼날이 떨어져 내렸다. 목이 잘리는 것은 한순간이었다. 떨어져 나간 목에서 분수 같은 피가 내뿜어지면서 땅바닥으로 굴러 떨어졌다.

"아……."

그 모습을 지켜보던 송유인이 저도 모르게 탄식을 뱉었다. 저리도 허무하게 갈 것을 무슨 영달을 누리고자 군세를 이끌고 이 남쪽 땅까지 내려왔는지, 그 허망함에 송유인은 합장을 하여 김돈중의 마지막을 씁쓸하게 기려주었다.

"죄인의 목은 앞으로 사흘간 함안성 문루에 그 죄목과 함께 내걸어 모든 이들로 하여금 그 죄를 경계케 하여라."

김부의 명이 떨어지자, 나졸들이 목을 주워 들고 장대에 꽂아서 성문으로 향했다. 지켜보던 사람들 사이에서 잔인한 함성이 터져 나왔다. 누군가가 죽는 모습을 공개

적으로 보면서 저렇게 환호할 수 있는 순수함이 정민은
무섭다고 생각했다.

그러한 야만의 시대였다. 이제 간신히 개명(開明)의
불을 틔웠다. 그리고 그 불이 천하를 비추게 되기까지는
수많은 세월이 소요될 터였다. 정민 자신이 죽을 때까지
도 그것을 보지는 못할 것이었다.

그리고 그때가 올 때까지 수많은 이들의 목이 저 단두
대에 걸려서 떨어져 나가게 될 것이었다. 그 사람들의 목
숨 값은 자신이 짊어져야만 하는 것이었다. 정말로 불가
에서 말하는 업보라는 것이 있다면, 정민 자신의 업보가
얼마나 무거울지는 짐작하기 어려웠다.

'그 욕심이랑 다 땅에 버리고 부디 극락왕생하시오.'

정민도 김돈중의 마지막 가는 길에 최소한의 명복은
빌어주었다. 그래야만 자신의 마음도 조금은 편할 것 같
았다.

김돈중이 장산왕에게 대패했다는 소식은 이내 고려 전
토에 퍼져 나갔다. 사람들이 들썩이는 동안에도 황제는
그에 관해서 아무런 말도 꺼내지 않았다. 김돈중의 수급

을 얻어서 개경으로 돌아온 정중부는 황제에게 부월과 김돈중의 목을 바쳤다.

황제는 김돈중을 황명에 거역한 역적이라 공포하고, 그와 그 가문의 영지를 모두 몰수하며 작위 또한 회수하였다. 행방을 알 수 없는 이의민과 이공승에 관해서도 같은 조치가 취해졌다.

어찌 보자면 황제는 장산국에 속하게 된 삼주(三州)만을 잃고 나누어 주었던 봉토의 많은 부분을 도로 왕령으로 귀속시켰으니 손해가 아니었다.

정중부에게는 식읍을 더 주는 대신에 문하시중(門下侍中)의 관직을 내렸다. 중앙 정계에서 매우 높은 벼슬을 갖게 된 정중부는 매우 감읍했다. 대신에 황제는 정중부가 여전히 행사하고 있던 군문에의 영향력을 완전히 일소하고 자신의 손에 쥐었다.

정중부는 크게 반발하지 못했는데, 당초에 원하던 것을 얻었을 뿐만 아니라, 실제로 자신이 이 전란에서 세운 공이 없기 때문이었다. 황제의 처분도 어찌 보면 감지덕지인 노릇이니, 감히 거기에 대들어서 남는 것이 있을 것이라는 판단을 하기가 어려웠다.

더군다나 고작 자신이 장산국까지 이끌고 갔다 돌아온 병력 5천으로 개경을 뒤집어엎을 수도 없었다. 혹여 그런 일을 벌였을 때 정민이 어떤 반응을 보일지 생각하면, 뒤가 찝찝해서 저지를 수도 없는 노릇이었다.

그렇게 황제의 권한이 보다 강화된 상황에서 정중부와 황제의 불편한 동거가 시작되었다. 이것은 다시 새로운 문제를 야기하게 될 터지만, 지금으로서는 알기가 어려운 것이었다.

정민은 확실하게 전후 뒷수습을 하고자 정명해를 개경으로 보내 황제에게 울주(蔚州)까지도 장산국의 경계에 확실히 넣어주는 것을 확인하는 칙령을 받아오게 했다.

황제는 떨떠름함을 숨기지 않았으나, 결국에 옥쇄를 찍어주었다. 이미 그 일대에서 개경의 영향력을 투사하는 것이 어렵다는 것을 절감하고 있었기 때문이다.

대신에 일절 정민을 비롯한 동래정씨가 개경에서 일어나는 일에 관여치 않는다는 약조를 요구했고, 이미 그러한 요구가 있다면 수용하라는 명령을 받들고 온 정명해는 황제에게 단단히 약속을 해주었다.

그다음 달부터 다시 벽란도에 다시 정민의 상단이 들

어오기 시작했고, 황제에게도 은병 2만 냥에 달하는 헌납을 했다. 황제는 모든 면에서 만족스럽지는 않지만, 어부지리로 원하던 것을 얼마간 얻었기에 더 이상 정민을 괴롭히지는 않았다. 정민은 그제야 완전히 그간 조여두었던 고삐를 풀고 국내 문제에 집중할 수 있었다.

먼저 하기 시작한 것은 국계(國界) 안에서 원래 유지되고 있던 양주, 울주, 금주의 상위 지역 단위를 폐하고, 기존의 고을들이 직접 중앙의 지휘를 받게 한 것이었다.

기존에 속현을 거느리고 있던 이 대읍(大邑)들에 대해서 양주는 양산(梁山)으로, 울주(蔚州)는 울산(蔚山)으로, 금주(金州)는 김해(金海)로 이름을 고치게 했다. 이로써 주군현(州郡縣)의 행정단위가 모두 통폐합되어 군(郡)으로 일원화되었다.

또한 동래는 동성부(東城府)라 이름을 고치고 국도(國都)로 선포하니, 다음과 같이 총 1부 12군으로 행정구역이 재편된 것이었다.

동성부(東城府, 現 부산광역시 동부 일대)
김해군(金海郡, 現 경상남도 김해시)

의안군(義安郡, 現 경상남도 창원시)

함안군(咸安郡, 現 경상남도 함안군)

칠원군(漆園郡, 現 경상남도 함안군 칠원면)

웅신군(熊神郡, 現 창원시 진해구)

합포군(合浦郡, 現 창원시 마산합포구)

양산군(梁山郡, 現 경상남도 양산시)

동평군(東平郡, 現 부산광역시 중·서부 일대)

기장군(機張郡, 現 부산광역시 기장군)

울산군(蔚山郡, 現 울산광역시)

헌양군(巘陽郡, 現 울산광역시 울주군 언양읍)

거제군(巨濟郡, 現 경상남도 거제시)

국도인 동성부에는 동성판윤(東城判尹)을 부임시키고, 나머지 군 지역에 대해서는 각기 군수(郡守)를 파견하였는데, 원칙상 해당 지역에 연고가 없는 자들로만 부임할 수 있게 하였으며, 그 교체 기한은 3년으로 하였다.

또한 국내에서는 오등작을 폐지하고 공적이 있는 자들은 오로지 군(君)에만 봉해지도록 했는데, 정서와 정민을 제외하고 이 지역에서 유일하게 작위를 갖고 있던 정명해는 순순히 거제현남의 작위를 반납하고 충무군(忠武君)에 봉해지는 것에 동의를 했다. 사실 그로서는 허울뿐인 거제현남의 작위가 큰 문제가 아니었다.

모든 전란이 끝나고 행정구역이 재편된 다음에 지도를 펼쳐 놓고 보니 현대의 경상남도 일대의 동쪽 절반에 해당하는 지역이 장산국의 국토가 된 셈이었다.

정민은 더 많은 영토를 바라지 않았다. 이 나라는 앞으로 해상무역에 의존하여 발전해 나가게 될 것이었다. 그러니 그를 위한 무력과 세력만 있다면 충분할 일이었다. 큰 나라는 그만큼 많은 정치적 이해관계가 걸려 있고, 한 번에 바꾸어 나가기도 쉽지 않다.

울주를 병합하여도 아직 30만이 되지 않는 인구를 가진 이 땅을 바꾸는 것도 전혀 쉽지 않았다. 기존의 토호 세력을 해체시켜서 무역에 참여하는 상인 관료 집단으로 탈바꿈시키고, 징병제를 도입하고, 아이들을 학교에 보내게 하는 일에만 하더라도 어마어마한 노력이 투입되었던 것이다.

그럼에도 불구하고 아직 그 성과를 모두 체험하지는 못하고 있었다. 여전히 호적에 올라와 있는 아이들 가운데 절반 이상이 소학교에 나오지 않고, 1만에 달하는 군사를 유지하는 것도 사실 부담이었다.

무장시키고 훈련시키는 데에도 많은 자원과 노력이 투입되었으며, 그 모든 것에 앞서서 학교에서 아이들을 가르치고 군대에서 병사들을 지휘할 인력이 태부족이라는 것이 문제였다.

'이제 시작이다. 천천히 나아가는 수밖에.'

그래도 희망이 있다면 이제 차례차례 자리가 잡혀가고 있다는 것이었다. 전란 이후에 국내는 빠르게 안정되어가고, 세수도 안정적으로 걷혔다. 이앙법과 시비법의 전면적인 도입과 함께 거두는 곡식도 늘어나고, 각 군마다 지소를 세우게 된 은행에서는 장산국왕의 인(印)이 새겨진 은화가 유통되었다.

이제 명실상부하게 장산국의 국왕이 된 정민은 일본에 자신이 국왕이 되었음을 알리는 사절을 보내 통보하고, 금나라에도 사신을 보내 책봉을 받아 오도록 했다.

금 황제는 정민에게 책봉을 받고자 한다면 송나라와 고려로부터의 책봉을 모두 포기하라고 일렀으나, 정민이 보낸 사신은 예전에 장산국왕이 황제를 따라 종사하면서 정변을 도왔던 것을 상기시키면서 부디 부대 조건 없이 책봉을 해달라 간청했다.

금 황제 완안옹은 못 이기는 척 매년 은 만 냥의 조공을 바치는 것을 조건으로 이를 허락해 주었다. 이에 응하지 않는다고 해서 금나라가 당장에 장산국을 어찌할 방법이 없긴 하였으나, 정민으로서는 금나라에서 상행을 계속해서 남기는 이문이 더 크기에 이를 받아들였다.

이로써 고려, 금, 송의 삼국으로부터 책봉을 받고 모든 나라로 배를 보내 무역을 하는 발판이 안정적으로 마련되었다. 이렇게 앞으로 수세기에 걸쳐서 바다를 누비게 될 나라의 기틀이 세워진 것이었다.

제48장
새 시대

시간은 빠르게 흘러갔다.

김돈중을 함안에서 대패시키고 나라의 기틀을 잡은 지열 해가 훌쩍 지나갔다. 1176년의 3월이 되어 장산국왕 정민의 즉위 열한 해째가 되던 해의 봄에 상왕(上王) 정서가 붕(崩)했다.

정민은 정서에게 문성왕(文聖王)의 시호를 바치고, 그 위로 다시 3대를 추존하였다. 해운대에서 멀지 않은 곳에 종묘(宗廟)가 세워지고, 그곳에 위패가 안장되었다. 능은 기장군 일대에 바다가 내려다보이는, 풍광 좋은 자리에 조성되었다.

그사이 왕연과 사이에서 낳은 세자 현(賢)의 나이도 열하나가 되었다. 약조한 대로 개경으로 종종 보내 생활하게 하여야 했으나, 정민은 핑계를 대가며 세자를 개경으로 보내지 않았다.

물론 그러기 위해서는 왕연을 한참 설득해야 했다. 그간 십 년에 걸쳐서 개경의 정치에는 일절 관여하지 않고 꼬박꼬박 은을 헌상한 덕에 황제의 의심도 많이 가신 터였기에, 그나마 쉽게 일이 해결되었다.

대신에 정민은 왕실 종친들과 공신의 자제들을 교육시키기 위해 일반 소학교와 중학교에 해당하는 과정을 합쳐서 왕성 내에 「시강원(侍講院)」이라는 교육기관을 만들었다.

이곳을 졸업한 뒤에는 각기 왕립대학에 진학하여 학문을 계속 닦든지, 혹은 장교의 양성을 위해 만들어진 육군학교(陸軍學校)나 해군학교(海軍學校)에 들어가서 3년의 과정 동안 훈련을 받도록 하였다.

다행히도 세자는 시강원에서 교우들과 어울리면서 공부에도 총기를 드러냈다. 세자가 받는 교육 가운데에는 기존의 사서오경(四書五經) 같은 유학도 포함되어 있었으나, 점차 교육과정에서 확대되고 있는 산술, 지학(地學), 물학(物學) 같은 것들도 포함되어 있었다.

정민의 슬하에는 세자만 있는 것이 아니었다. 세자와 두 살 터울로 다르발지에게서 난 딸 성혜공주(成惠公主)와 그보다 세 살 어린 영산대군(榮山大君)이 있었다. 조인영과의 사이에서도 아들이 하나 있었는데, 세자보다는 다섯 살이 어린 진산대군(鎭山大君)이었다.

이제 후궁으로 들어와 영빈(暎嬪)이라는 빈호를 받은 연유린과의 사이에서는 정혜옹주(定惠翁主)라는 딸이 하나 있었다. 안타깝게도 세자의 뒤로 왕연과의 사이에서 본 딸과 아들이 하나씩 더 있었는데, 어린 나이에 병이 걸려 오래지 못해 숨을 거두고 말았다.

의학적으로는 지식이 많지 않은 정민이기에, 애를 써 보았으나 돌림병을 앓고 목숨을 잃는 것을 막을 방법이 없었다. 심장이 찢어지는 아픔이었으나 별다른 수가 없었다.

그로부터 정민은 의술에 비상한 관심을 가지게 되었고, 전통 의학을 벗어나서 실질적으로 도움이 될 수 있는 의학을 발전시키는 데에 많은 지원을 아끼지 않았다.

그를 위해 첫 번째로 도입한 것은, 많은 혜택을 주어 의관들이 백인대 하나마다 의무적으로 한 명씩 배치되도록 한 것이었다. 군선에는 선의(船醫)가 배마다 둘씩 배치되도록 하였다.

이들은 의무적으로 20년간 군대에서 종군하며 의료 조치를 해야 하는 대신에 거의 백인대장에 준하는 대우를 받았으며, 높은 수준의 급료를 지급 받았다.

전투가 많이 벌어지지 않는 상황에서 외과술을 연마할 기회는 많지 않았으나, 유구를 장산국으로 편입시키는 과정에서 이들이 실질적으로 외과 기술을 연마하고 인체의 구조를 익힐 수 있는 기회를 잡을 수 있었다.

죄인의 해부는 공식적으로 의관 교육 과정에서 허락되었고, 왕립대학에서는 5년 과정의 의과(醫科)가 편성되었다.

모든 외과 시술 절차에서 수술 도구는 불에 달구어 소독하기 전에는 재사용이 불허되었고, 마취 재료가 많지 않으므로 의관들이 양귀비를 취급하는 것이 허용되었다.

모든 수술 절차나 진료 절차 이전에는 반드시 깨끗한

물에 손을 여러 차례 씻고 세탁한 흰옷으로 갈아입도록 하였으며, 눈만 내놓은 두건을 쓰는 것도 의무화되었다.

이러한 조치만으로도 전장에서의 부상이나 외과적 질병, 그리고 추가적인 감염으로 인한 인명 손실이 급격히 줄어들기 시작했다. 덕분에 종양이나 종기를 제거하는 것도 무작정 어렵지는 않게 되었다.

물론 아직까지 민간에서 돌림병이 도는 것에 대해서는 완전한 대책이 없었다. 다만, 질병이 돌기 시작하면, 그것이 물을 통해 매개되는 것인지, 아니면 동물을 통해 매개되는 것인지, 그도 아니라면 사람과 사람 사이를 통해서 매개되는 것인지 조사를 필수적으로 하게 만들고, 그 질병이 최대한 매개되지 않도록 조치를 취하도록 만들었다.

현대의 지식으로 정민이 지시를 내릴 수 있는 것은 그 정도인데다 인명을 좀 더 구할 수는 있었지만, 의학에 있어서 급격한 발전이 단기간에 이루어지기를 바라는 것은 무리가 있었다. 다만, 조금이라도 그 토대가 쌓여간다는 것만으로도 다행인 일이었다.

"아버님도 떠나가시고, 이렇게 한세월을 함께한 사람

들이 슬슬 곁을 떠나가게 될 것이라고 생각하니 두렵소,
중전."

정민은 정서의 인산(因山)을 마친 뒤에 해운대의 백사
장이 고스란히 풍취 좋게 내려다보이는 정궁의 궐각에
왕연과 마주 앉아서 말했다. 마흔이 되었음에도 아직은
삼십 대 중반으로밖에 보이지 않는 정민이었으나, 얼굴
에 내린 수심은 그간의 고로가 많았음을 고스란히 보여
주고 있었다.

이제 서른을 훌쩍 넘긴 왕연은 아직 젊음을 간직하고
있었으나, 어린 시절의 맹랑한 모습은 사라지고 정비(正
妃)다운 품위가 그 자리를 대신하여 자리 잡고 있었다.
그녀는 조심스레 정민의 잔에 술을 따라 주며 그를 위로
했다.

"세월이 지나가는 것만큼 무상한 것이 없지요. 그래도
아직 전하의 곁에는 뛰어나고 충성심이 높은 신하들이
든든하게 버티고 있지 않습니까. 세자도 총명하게 잘 자
라나고 있고요."

왕비의 말에 정민은 고개를 끄덕였다. 흘러가는 것을
붙잡고 아쉬워하고 있기에는 앞으로 남은 시간이 얼마일

지 짐작하기가 어려웠다.

이 세상에 오고 나서 늙는 속도가 느려졌다는 것은 체감하고 있지만, 처음부터 나이를 일곱 가까이 깎아서 세기 시작했으니, 실제로는 오십 줄에 가까워져야 할 신체가 아직 삼십 대 중반의 모습이라는 것은 놀라웠다.

그러나 원체 건강하던 사람도 갑작스럽게 졸하는 것이 드물지 않은 시절이었다. 온갖 의료적 처치를 가장 공들여 받을 임금들조차도 사십 대, 오십 대에 세상을 뜨는 것이 흔했다.

대개 다섯 살까지 큰 병을 치르지 않고 살아남는다면 그래도 서른까지는 큰 문제없이 살아가기는 했지만, 그 다음의 수명은 오로지 천운에 달린 시대였다.

정민은 혹여 자신이 오래 살 수 있더라도 그사이 주변에 어느 누가 갑작스러운 질환으로 목숨을 잃게 되는 것이 못내 두려웠다. 지금 이렇게 옆에서 자신을 따뜻하게 위로해 주는 왕연이 어느 날 갑자기 세상을 떠난다고 생각하면, 그 먹먹함을 견뎌낼 자신이 사실 없었다.

왕연뿐만이 아니라 자신과 함께 건국의 대업을 이루어 낸 막하의 충신들과, 같이 살을 섞고 몸을 부딪치며 자기 아이들을 낳아준 다른 아내들을 생각해도 그랬다.

천수를 누린 정서가 떠나간 것만으로도 이다지도 마음이 아픈데, 혹여나 이른 나이에 갑작스럽게 누군가가 떠나가게 된다면… 생각만 해도 아찔한 노릇이었다.

"저 또한 불안하니, 이제 바다에는 그만 나가세요."

"그리하리다."

정민은 그간 직접 함대를 지휘하여 유구에만 세 차례를 다녀오고, 이제는 남양도(南洋島)라고 명명한 대만 일대에도 두 번을 다녀왔다. 남양도 북부에는 전초기지가 세워지고, 군선이 정박하고 무역을 행하기 위한 요새와 항구도 건설되어 있었다.

항해 기술은 보다 발전하고, 항로는 점차 안전해져 갔다. 그러나 여전히 배 열 척이 출항하면 한 척은 돌아오지 못하는 것이 현실이었다. 그만큼 먼바다에서의 풍랑은 예측하기가 힘들었고, 이겨내기도 쉽지 않은 것이었다. 그러한 원정에 직접 나서는 것이 불안했던 왕연은 이참에 정민을 설득하여 주저앉히려는 것이었다.

정민도 이제는 그렇게 해야겠다는 생각이 들었다. 자신의 목숨이 꼭 자신만의 것이 아니라는 것을 절감했기 때문이다.

이제는 많이 안정되어 발전해 나가고 있는 장산국이었으나, 이러한 때에 갑자기 자신이 혹여 사고라도 겪어 세상을 뜨게 되면 어린 세자의 힘으로 이끌어 나가기에는 벅찰 만큼 많은 위난이 닥치고도 남을 터였다.

"앞으로도 서른 해는 더 살아야 하지 않겠소. 부디 중전께서도 그때까지 내 옆을 지켜주시구려."

"당연히 그리해야지요, 전하."

왕연이 곱게 웃었다. 정민은 상을 밀어내고 그녀의 무릎을 베고 누웠다. 갑작스러운 정민의 행동에 왕연은 당황하였으나, 그를 밀쳐 내거나 하지 않고 부드럽게 손으로 그의 얼굴을 감싸 안아주었다.

1179년에 접어들자 일본의 정세가 요동치기 시작했다. 미나모토노 요리토모[源賴朝]가 타이라노 키요모리에 대적하여 동북에서 거병을 하였고, 이에 따라서 일본에서 내전이 시작되었던 것이다.

와병 중이었던 타이라노 키요모리는 그사이 정민에게 원군을 청하였으나, 정민은 응하지 않고 있다가 타이라노 키요모리가 숨을 거두고 미나모토노 요리토모가 세력을 확대해 가며 쿄토까지 노리게 되었다는 소식을 듣고 나서야 정명해에게 일만의 정병을 주어 큐슈로 보내었다.

일본에는 그해 심각한 기근까지 들어서 백성들은 이중고에 시달리고 있었다. 쿄토의 조정은 사실상 기능을 정지했고, 혼슈의 각지는 수시로 전투가 벌어지는 아수라장이었다.

정민은 혼슈로 병력을 보내지 않고, 보다 개량된 포로 무장시킨 함대로 근해에서 교역이 계속되는 것을 돕고, 다자이후에 병력을 주둔시켜서 큐슈 일대가 동요하는 것을 막고, 식량을 풀어 민심을 안정시키는 것을 도왔다.

그러는 동안에도 전란은 보다 촉박하게 진행되어 결국 쿄토는 불에 타버리고, 타이라 가의 잔존 세력은 큐슈로 도망쳐 와서 다자이후에 망명 정권을 세웠다. 정민은 파병한 병력으로 이들을 지켜주었다.

전황이 뒤집어지자 미나모토 가를 거들기 시작한 고시라카와 상황이 내린 조서에 의해서 타이라 가문에 대한

반란이 큐슈 일대에도 일어났으나, 정민은 이들이 진압하는 것을 적극적으로 도왔고, 이내 큐슈 일대에서는 안정적으로 타이라 가의 영향력이 확보되었다.

그러는 사이에 미나모토 가문 내부에서 주도권을 두고 다툼이 벌어졌으나, 이내 미나모토노 요시토모가 다른 경쟁자들을 거꾸러뜨리고 완전한 주도권을 잡았다.

타이라 가문이 일본 천황의 상징과도 같은 삼종신기(三種神器)를 들고 도망쳤기 때문에 고시라카와 상황은 이것을 되찾을 필요가 있었고, 때문에 항복을 하면 세력권을 인정하고 휴전에 응해주겠다는 조칙을 보내었다.

그러나 애초에 이것은 거짓으로 통보한 것으로, 그때까지 기다려 주지 않고 타이라 가문의 경계가 풀어진 동안에 기습을 할 작정이었다.

타이라 가문은 당대의 천황인 안토쿠 천황의 신병과 삼종신기를 확보하고 있으므로 그에 순순히 응해줄 생각이 없었다. 때문에 교착상태가 이어진 끝에 먼저 미나모토 가문이 큐슈로 진입하기 위해 군대를 움직이기 시작했고, 큐슈와 혼슈 사이의 좁은 해협인 단노우라에서 전투가 벌어지게 되었다.

정민은 이미 정명해에게 큐슈 일대에서 타이라 가문의 세력이 잔존하게 해주는 것 이상의 도움은 주지 말라고 미리 단단히 명령을 내려놓은 탓에 이 싸움은 온전히 타이라 가문의 자력으로 치러야만 했다.

단노우라에서 우수한 수군의 도움을 받아서 타이라 가는 초반에 승기를 잡을 수 있었으나 이내 내부의 배신으로 인하여 전황이 뒤집어지고, 미나모토 가문이 결국에는 승리를 하게 되었다.

세력을 크게 잃고 육지로 도망쳐 온 타이라 가의 병사들을 쫓아서 미나모토 가문이 큐슈에 상륙하였으나, 정명해는 이때부터는 적극적으로 미나모토 가문을 공격하여 발을 붙이지 못하도록 막아냈다.

결국 전황은 1183년이 되어서야 안정될 수 있었다. 어린 안토쿠 천황이 그 와중에 병사를 했기에 타이라 가문은 천황을 옹립하고 있다는 명분을 잃었으나, 여전히 큐슈의 지배권을 장산국의 도움을 받아 확보하고, 미나모토 가문은 큐슈를 제외한 모든 일본을 세력권에 넣고 정통성까지 확보하여 카마쿠라 막부(幕府)를 창건하고 초대 쇼군으로 미나모토노 요리토모가 즉위하였던 것이다.

정민은 이때에 은밀히 카마쿠라로 사절을 보내 큐슈를 더 이상 건드리지 말고 천황의 조칙을 통해서 타이라 가문을 큐슈 일대의 세습 군주로 인정하라고 압박을 했다. 그 대가로 정민은 앞으로 카마쿠라가 안정되는 것을 돕고 경제적인 지원을 제시했다.

미나모토노 요리토모는 고심 끝에 그 안을 수용했다. 조건은 삼종신기를 반납 받는 것이었다.

그 결과, 타이라노 키요모리의 손자인 타이라노 코레모리[平維盛]가 구주탐제(九州探題) 및 서해관령(西海管領)에 임명되었다. 그리고 타이라 가문의 큐슈에 대한 영구적 권리를 재확인시켜 주었다. 다만, 매해마다 이 지역의 세금을 거두어 그 삼 할을 바쳐야 했고, 삼종신기도 반납을 하게 되었다.

이 과정에서 장산국은 타이라 가문을 지켜줌으로써 사실상 이들에 대한 지대한 영향력을 확보할 수 있었고, 큐슈 일대가 정치적으로 일본 본토와 분절된 위치를 차지하게 됨에 따라서 이 지역에 영향력을 투사하기가 보다 수월해졌다.

정민은 타이라노 코레모리에게 구주절도사(九州節度
使)라는 관직을 내려주고 직인을 주어서 사실상 양속 관
계를 받아들이도록 했다.

"대마도 및 고도, 이왕도 등지에 우리 관헌을 파견하
고 군현을 설치하게 하는 대가로 귀공을 지원하기 위한
군대 이천을 다자이후에 늘 주둔시키도록 약조를 해줄까
하는데, 어떻소이까?"

다자이후에서 배를 타고 지척인 동성부로 입조하러 온
타이라노 코레모리에게 정민은 군사적 방위를 대가로 영
토를 할양하라는 제안을 내밀었다.

타이라노 코레모리도 고도나 이왕도에서 석탄이 나고
있다는 사실을 이미 알고 있었고, 대마도는 외부로부터
일본으로의 진입을 막는 최전선이자 교역의 거점이라는
것 정도는 파악하고 있었으나, 지금 상황으로 보았을 때
일본 전체를 놓고 논할 것이 아니라, 정민이 없으면 타이
라 가문 전체가 큐슈를 잃고 몰락할 상황이니 이것저것
잴 여유가 없었다.

군사 이천이 주둔하는 것도 그 숫자보다는 언제고 타
이라 가문에 대한 공격에 대해 장산국이 개입할 준비가

되어 있다는 사실을 알려주는 데에 의미가 있었다. 이것은 타이라노 코레모리로서는 반드시 수용해야만 하는 것이었다.

"그리하겠습니다."

공식적으로 타이라노 코레모리는 여전히 일본 천황의 신하이므로 통치권을 행사하더라도 마음대로 영토를 할양하는 것은 있을 수 없는 일이었다. 때문에 약간의 편법을 쓰기로 했는데, 타이라노 코레모리가 정민으로부터 받은 구주절도사의 자격으로 대마도와 고도, 이왕도 및 그 인근 섬에 파견되는 장산국 관리에게 관인을 주기로 한 것이었다.

물론 이것은 당분간의 요식적인 행위로, 그와 별개로 장산국 관리들은 정민에게서 직접 받은 직첩만으로 이곳의 행정권을 행사할 수 있었다.

내부 영토에 설치한 군과 다르게 대마도에는 대마현(對馬縣)을 설치하고, 이왕도와 고도에는 각기 진(鎭)을 두어 대마현에 예속시켰다. 더불어 근방의 오도군도(五島群島, 고토 군도)를 제압하여 섬마다 각기 진을 두고 항로를 안정시켰다.

이와 더불어서 유구국도 정치적으로 통일이 완료되었고, 기존의 지방 아지들에게 각기 관직을 주어 포섭하고, 본도(本島)인 우치나(오키나와) 섬에 유구현(琉球縣)의 관부를 두고 대마현과 같은 지위로 예속시켰다.

"대마현과 유구현에도 각기 소학교와 중학교를 설치하게 하라. 유구현에서는 자기 말을 유지하며 사용할 수 있게 하되, 소학교와 중학교에서 고려 말을 익히도록 하는 수업을 두어 서로 말로써 교통할 수 있도록 할 것이다."

그와 함께 공식적으로 한글을 국문(國文)으로 반포하고, 공식적인 문서를 모두 국한혼용(國漢混用)으로 쓰게 하며, 대마현에서 일본어를 적을 때, 그리고 유구현에서 유구어를 적을 때에 모두 그 지방 말을 기준으로 하여 국문을 응용하거나 조금 고쳐서 쓰도록 만들었다.

이 국문으로 발음을 적도록 함으로써 중학교 및 대학교에서 외어(外語)를 교육하는 데에도 공식적으로 활용하도록 했는데, 고려 말에 없는 발음을 옮기기 위해서 새로운 낱자를 도입하거나 기존의 문자를 고쳐 쓰는 방안도 마련하게 하였다.

공식적인 문서는 모두 국한 혼용으로 적힌 다음, 필요

한 문서들은 다시 대마현과 유구현에서 자기 말로 옮겨져서 반포되었고, 현지어를 존중하고 상용을 하는 것을 권장하되, 필요에 의해서 고려어를 폭넓게 쓰는 것을 방지하지는 않았다.

정민의 장기적인 계획 가운데 하나는 고려어, 특히 장산국에서 사용하는 장산 방언이 일종의 동아시아의 공통 교역어, 즉 하나의 링구아 프랑카로서 자리 잡게 하는 것이었다. 그 포석으로 해외 영토에 대해서도 이를 가르치고 보급할 필요성을 느낀 것이다.

혹여 장기적으로 그 말과 문화가 사라질 것을 우려하여 왕립대학에 인류학과(人類學科) 및 언어학과(言語學科)라는 것을 만들게 하고, 여기서 양성된 학생들을 장산국 내의 각지 및 외부 영토, 그리고 교역하는 국가로 보내 그 나라와 지역의 말을 주의 깊게 연구하고 기록하도록 하고, 그 문화의 양태를 낱낱이 살펴서 기록하도록 하였다.

이들 학문 분과는 학문의 기틀이 당연히 잡혀 있지 않으므로, 초기에는 그저 여행기나 풍문기 수준의 연구밖에 내놓지 못했는데, 정민의 뜻에 따라 국가적으로 지원이 주어지면서 점차 체계적으로 자료를 수집하고 정리하여 내놓는 데까지 발전하는 것에는 오랜 시간이 걸리지는 않았다.

몇 년이 지나지 않아서 초급, 중급, 고급으로 나누어 장산국 내에서 일본어, 유구어, 여진어, 한어의 외국어 네 가지를 체계적으로 배울 수 있는 교재가 편찬되었고, 이와 함께 각국의 풍토와 산물, 지리와 문화에 대해서 다룬 저술들이 조직적으로 정리되어 집필되기 시작했다.

이러한 책들을 출간하는 데에는 출판국(出版局)이라고 이름을 붙인, 조정에서 감독하는 출판사가 인력을 동원하여 목판을 파고, 이를 통해 교과서를 찍어내 각급 학교에 보급하는 과정이 수반되었다.

정민은 이 과정에서 전체 판으로 새기는 것이 아닌 활자 하나마다 글자 하나가 새겨져서 이를 조합하여 책을 찍어낼 수 있는 기술을 연구하도록 독려하였다.

물론 이러한 금속활자를 통한 인쇄 기술은 이미 고려에서는 확보해 보급되어 있던 것이었다. 이러한 기술을 초기에 확보하는 것 자체가 어려운 일은 아니었는데, 찰흙을 빚어서 그것을 반쯤 말린 다음에 한 면에 글자를 새겨서 견본을 만들고, 해감모래로 거푸집을 만든 다음에 놋쇠를 부어서 금속활자를 떠내는 방식이었다.

그러나 이러한 활자는 안정성이 떨어지고 쉽게 마모가 되었으며, 판틀에 끼운 활자를 고정하는 데에도 여러 가지 문제가 있었다.

정민이 주문한 것은 이러한 문제를 해결하는 것에 있었고, 뿐만 아니라 고본(古本)에서 본 딴 다양한 한자 글씨체의 충분한 활자본을 마련하는 것과 국문을 찍어내기 위한 활자를 새롭게 주조하는 일도 포함되었다.

이와 더불어서 금나라에서 반포되어 쓰이고 있는 여진 글자를 위한 활자, 고려에서 넓게 쓰이는 이두문(吏讀文)을 위한 활자, 일본의 가나를 찍어내기 위한 활자 따위도 추가적으로 만들어질 것이 요구되었다.

이러한 방식으로 넉넉한 금속활자를 확보하고 인쇄 기술을 개량한 다음에는 책을 적극적으로 찍어내 교육기관을 중심으로 보급하게 할 작정이었다.

또한 도판(圖版)으로 삽화나 표 등을 집어넣어 이해를 돕게 만들기 위해 목판화(木版畵)도 적극적으로 개량하고 연구하여 그 기술을 발전시키도록 주문했다.

장인(匠人)은 숫자가 적고, 인구가 적은 나라다 보니 여기에 투입할 인적자원을 확보하는 것도 일이며, 활자를 주조하는 것이 꽤나 자원과 공력이 들어가는 일이다 보니 예산도 만만치 않게 들어갔다.

그러나 정민은 여기에는 돈을 일절 아끼지 않고 쏟아붓는 한편, 고려 본토에 사람을 들여보내서 활자 기술 장인을 수배해서 데리고 오는 데 몸값도 아끼지 않았다.

이 일에 결국 성과가 있어 1185년에 이르러 결국 총 86만 7천여 개의 금속활자로 이루어져 그 해의 간지를 따 을사자(乙巳字)로 명명된 초벌 활자가 완성되었다. 이 활자들로 처음으로 인쇄한 것이 바로 한글의 용법과 원리를 해설한 『국문해(國文解)』였다.

세자의 나이가 벌써 스물하나가 되고, 왕립대학에 진학하여 법률학(法律學)을 배우는 과정도 마쳤기에 세자빈을 간택하는 일이 화두에 올랐다.

정민은 그해 초까지 한동안 활자를 완성하는 일을 지

휘하며 관심을 기울이다가 주변에서 세자빈을 간택해야 한다는 주청이 여러 차례 올라오자 이제 그 문제를 고려하지 않을 수 없게 되었다.

"어디서 신붓감을 구하는 것이 좋겠소이까, 중전?"

정민은 왕연에게 먼저 의견을 구했다. 정민으로서는 딱히 좋은 배필이 떠오르지도 않기도 했거니와, 어미인 그녀가 보다 세자에게 적합한 신붓감을 미리 점찍어두지 않았을까 하는 생각도 있었기 때문이다.

그간 나라를 통치한다는 핑계로 세자에게 많은 신경을 써주지 못한 것이 조금 죄책감이 들기도 했다. 자신의 나이가 벌써 쉰에 이르렀으나 아직까지 신체는 이제 막 마흔에 이른 것으로밖에 보이지 않았고, 실제로 체력도 아직 강건해서 그간 시간이 흘러가는 것에 무심하게 바깥 일에만 열중을 해왔던 것인데, 그사이 세자가 벌써 장성하여 한 사람 몫을 하고도 남을 성인이 되었던 것이다.

그간 세자를 자주 불러 가까이 앉히고 많은 것을 더 알려줄 수 있었을 텐데, 하는 아쉬움이 들었지만, 돌이켜 보면 그렇게 시간을 내기도 쉽지 않은 세월이기도 했다.

국내적으로 안정을 시키고 나라를 발전시키며, 외부로

는 타이라 가를 지원하여 큐슈를 세력권에 넣고, 금나라와 송나라, 고려를 바쁘게 오가며 무역으로 재부를 벌어들이고, 동시에 석탄을 사용하여 제철을 하는 기술을 발달시키는 가운데 기초적인 증기를 이용한 동력 기관에 대한 연구까지 병행하고 있었다.

활자를 찍어내고, 교육기관을 건설하고, 최근에는 직접 상인들로 하여금 천주 너머 월남, 교지, 진랍 일대까지 무역을 오가며 인도(印度)까지 이르는 항로도 개척하라고 명을 내려둔 터였다.

그사이 초창기의 정책에 효과가 있어서 장산국 건국 이래로 20년이 지난 지금, 내외의 영토를 모두 도합하여 인구는 50만이 넘는 수로 늘어났고, 20세 미만의 젊은 인구가 그 절반에 가까웠다.

그 가운데 팔 할 가까이가 최소한 소학교를 다니거나 그 교육을 마쳤고, 전체 인구 가운데 중학까지의 교육을 마친 숫자도 3만 명 가까이로 불어난 상황이었다.

아직까지 대학이나 그에 상당하는 사관학교 등에 진학하여 공부하고 있거나 졸업한 인구는 5천 명이 채 되지 않았으나, 20년간 고등교육을 마친 이 3천 명의 인력이 국가의 관료제를 지탱하고, 학문을 연구하고, 의학을 발전시키는 데에 혁혁한 성과를 보이기 시작하고 있었다.

무역으로 벌어들인 돈 가운데 많은 부분이 국가재정으로 들어간 뒤, 다시 이들을 지원하는 데에 투여되었고, 때문에 정민이 동래에 자리를 잡은 것으로부터 따지면 물경 30여 년, 장산국 건국으로부터 20년이 지난 지금, 주변의 다른 나라들과는 확연이 구분되는 발전을 이룩해내기 시작하고 있던 것이다.

인구의 태반이 농부였던 20년 전과는 다르게, 이제 농업에 종사하는 인구는 전체의 절반 남짓에 불과했고, 나머지는 거의가 상공(商工)에 해당하는 일을 하고 있었다.

아직까지 국가에서 직접 주관하는 제철 등의 일부를 제외하면, 거의가 가내수공업 단계를 크게 벗어나지 않는 수준이었으나, 일부는 더러 많게는 30명 가까이의 인원을 고용하는 공장을 운영하기도 하고 있고, 이러한 곳에서 생산된 면직물(綿織物)들은 직조기 등을 사용하여 생산력과 품질을 높이고 수출 품목의 상당량을 차지했다.

이러한 발전을 감독하고 이끌어내느라고 시간이 늘 없

던 정민이었다. 20년에 걸쳐서 태엽으로 감는 시계를 만드는 일을 틈틈이 시도하고, 갖은 수고 끝에야 이제 겨우 그것을 만들어 보급을 시작하고 있었다.

남는 시간에는 자신이 현대에서 익히고 배웠던 것을 모두 짜내서 가르칠 만한 내용을 걸러내고 교과서를 쓰는 일에 집중하고 있었다. 당초에는 소학교나 중학교에서 가르칠 내용을 뽑아서 쓰기도 했으나, 나중에는 직접 필요에 의해 대학에 연 학과에 기본적인 학문의 방침이나, 연구의 방향 등을 제시할 수 있는 교과서를 써야 해서 더욱 골치가 아팠다.

인류학과를 창설할 때에는 직접 그곳에서 생활하며 그 지방이나 나라의 말을 배우고, 그 문화적인 양상을 모두 따로 평가하지 말고 객관적으로 기록할 것을 주문하는 것 외에는 사실상 제시할 수 있는 것이 없었고, 언어학과를 창설할 때에도 언어나 방언마다 말소리와 문법이 다르며, 음소의 개념을 알리고, 어떤 언어에서는 변별되는 음소라고 하더라도 다른 언어에서는 변별되지 않는다는 식의 기초적인 제언밖에 가능하지 않았다.

상황이 이러하니, 주된 기여는 아라비아 숫자를 도입

하게 하고 현대적인 기호법을 사용하여 이차방정식의 해를 얻게 하는 식의 수학에 대한 기여나, 과학적 연구 방법에 대한 기초적인 제안과 실험법에 대한 강조 등에서밖에 더 이상은 가능하지 않았다.

때문에 혁명적이고 혁신적인 과학기술의 발전이나 학문 체계의 진전 같은 것은 크게 기대하기 어려웠고, 15개 학문 분과로 이루어진 대학에서는 행정 관료나 율사(律士)를 지망하는 이들이 배우는 법률과나, 산술과 함께 장부 치는 법, 그리고 은행의 제도를 운용하는 법과 외국어를 보조적으로 배우는 상과(商科), 의술을 배우는 의과(醫科)를 제외하고는 모두 재학 중인 학생이 학과마다 겨우 열 명 남짓한 정도의 소규모에 불과했다.

그럼에도 불구하고 이들이 차근차근 쌓아가는 지식의 양은 적지 않은 것이었다. 정민이 제안한 방법에 따라 연구한 글을 논문으로 정리하고, 여기에 규정된 양식에 따라 전거를 밝혀 내용의 출처나 기존 연구를 인용하게 만든 것만으로도 학술적인 글을 제시하고 그 기여를 밝히는 체계가 잡힐 수 있었고, 이제는 그 연구 성과를 발표하는 학술지만 국내에서 다섯 종이나 나오고 있었다.

모두 국한문 혼용을 정식으로 삼아 새롭게 정립된 맞춤법에 따라서 출간되었다. 그에 특별히 새롭게 활자를 왕립대학에도 한 벌 하사하였고, 대학에 따로 부설된 출판국에서는 이러한 학술지를 찍어내고, 이제 성장하기 시작한 학자들이 써내는 글을 따로 출간해 주기도 하였다.

세자도 형법(刑法)에 관하여 신체에 직접적인 형벌을 가하는 신체형(身體刑)이 효과가 있는지, 그 정도는 어디까지 허용될 수 있는지에 대하여 중국의 당률(唐律) 및 송나라의 법과 고려의 법을 비교하여 졸업논문을 썼고, 이것이 『법학휘보(法學彙報)』에 실렸다. 정민이 그것을 읽고 감탄한 것이 바로 어제의 일이었다.

"이웃 나라들과의 관계를 생각하신다면 그 황실의 공주들을 하나 내려주기를 청하시면 될 것이고, 아니라면 나라 안에서 간택을 하셔야지요."

정민이 한참을 생각에 잠겨 있는 동안 왕연이 대답을 해왔다. 정민은 정신이 다시 퍼뜩 들었다.

"원래대로라면 중종(中宗) 선황 폐하께 왕실 종친 가운데에 괜찮은 여식이 있나 여쭈려 하였으나, 폐하께서 갑작스레 승하하신데다 금상폐하께서는 아직 보령이 겨우 열둘에 그 누이인 공주께서도 겨우 열넷인데, 촌수를 따지면 세자의 이복 이모뻘이니 국혼을 청하기에는 마뜩치가 않소."

고려 황제 왕경이 붕어하고 중종의 묘호를 받은 것은 두 해 전의 일이었다. 뒤늦게 즉위하여 새로이 국혼을 치르고 그 사이에서 본 태자가 열 살밖에 되지 않은 나이에 갑작스레 보위에 올랐고, 개경의 정치는 급속도록 어지러운 지경으로 빠져들고 있었다.

그간 힘을 축적했던 권신들이 다시 권력의 공백을 노리고 발호하기 시작했으며, 아직까지 특별히 힘을 잡은 자는 없었으나, 정중부가 개경 내에서 이고 일파에 의해 살해되는 사건까지 발생하면서 급격한 긴장감이 감돌고 있는 상황이었다.

그러나 다행인지 어쩐지, 왕연은 얼굴도 낯선 이복형제들에 대해서는 별 감정이 없었고, 다만 마지막으로 자기 집안을 위해서 부탁해 온 것은 아비인 황제의 인산을 성대히 치르는 데에 넉넉히 지원을 부탁한 정도였다.

정민은 고려 황실에 은 수만 냥을 다시 내어 장인의

장례를 성대하게 치르도록 당부했다. 덕분에 전례 없이 큰 국장이 치러졌고, 그 능역(陵域)도 장엄하게 조성이 되었다.

"굳이 고려 황실에서 구하실 필요는 없지요. 금이나 송나라라도 상관이 없지 않겠습니까?"

"어느 한쪽에서 세자의 배필을 구하는 것은 그 나라에 정치적으로 편중될 수가 있으니 그것도 별로 바람직하지 않소. 금나라에서 공주를 모셔오면 송나라에서 불편해할 것이고, 송나라에서 공주를 모셔오면 금나라에서 불편해할 것이오. 차라리 그럴 바에는 국내에서 구하는 것이 좋겠소이다."

"그렇다면 말입니다."

정민의 생각을 듣고 난 왕연이 웃음을 지으며 운을 뗐다. 역시 정민이 예상한 바대로 마음에 두고 있는 며느리감이 있는 모양이었다.

"말씀해 보시오."

"좌정승(左政丞) 김부의 딸 연화(蓮花)가 얼굴뿐만 아니라 성품도 참으로 곱다고 하옵니다. 더군다나 여자아이들이 모여 가르침을 받는 규화당(葵花堂)에서도 가장 배우는 데에 부지런하고 현명하다고 칭찬이 자자했다고 하니, 그만한 규수가 따로 없지요. 나이도 올해로 열일곱이라 딱 시집가기에 좋은 나이가 아니겠습니까."

따로 김부에게 청탁을 받은 것은 아닐 것이고, 소문을 듣고 언제 한 번 직접 보기라도 한 모양이었다. 정민은 그녀의 판단을 믿고 큰 문제가 없다면 김부의 딸을 세자빈으로 삼기로 결정했다.

물론 마음 같아서야 세자에게도 연애결혼을 할 기회를 주었으면 좋겠지만, 시대와 신분이 그것을 절대 용인할 수 없었다. 그것은 이 나라의 임금이자 세자의 아비인 정민으로서도 어쩔 수 없는 것이었다.

세자라는 자리에 있는 순간 혼례를 적법하게, 또한 격이 맞게 치르지 아니 하면 당장에 그 권위에 훼손이 가고 시비가 붙게 되고도 남는 것이다. 이러한 말 하나하나가 문젯거리가 될 수 있기에 후궁이 아닌 세자빈을 간택하는 일에는 신중을 기할 필요가 있었다.

'친정도 김부의 집안이라면 나쁘지 않을 것이다.'

헌양의 호족이었던 김부는 정민이 동래에 봉해지자마자 찾아와 내속을 청하였고, 이후 형조판서에 오랜 기간

재직하며 지금 준용하고 있는 형법의 기틀을 닦은 다음
에, 유구 현감(琉球縣監)으로 잠시 있다가, 우정승을 거
쳐 좌정승에 이르러 지금까지 정민의 조정에서 봉직을
하고 있었다.

그러나 따로 세도를 부린다든가 하는 일이 없고, 따로
정당하게 상업에 투자해 적지 않은 이문을 남겨서 집안
에 나누어 주고 자신의 곳간을 채운 정도가 그가 부린 욕
심의 전부였다.

아주 초창기부터 정민의 측근 노릇을 하며 이제는 권
문세족의 반열에까지 오른 하두강, 김유회, 정명해 등과
다르게 조금 뒤늦게 합류한 탓에 따로 끈끈하게 세력을
이루거나 하는 것도 아니었다. 그럼에도 불구하고 일관
되게 충성을 바치고 있으니 왕실의 외척으로 삼아도 후
환거리가 되지는 않을 것이라는 판단이 되었다.

"말이 나온 김에 서둘러 가례도감(嘉禮都監)을 편성
하고 세자의 혼례를 준비시켜야겠소. 좌정승은 내가 따
로 불러서 말을 하리다."

물론 최종적으로는 김부의 딸인 김연화를 직접 보고
결정을 내릴 생각이었으나, 세자의 나이가 지금 시대치

고는 만혼에 가까운 나이이기도 하니, 더 이상 미루지 않고 어지간히 괜찮으면 세자빈으로 받을 생각이었다. 이미 왕연이 그리 보고 마음에 들어 하였으니 따로 문제가 있을 것이라 생각키도 힘들었다.

김부의 딸은 생각보다 더 참했다.

미색도 고왔는데, 거기에 더해 지혜롭기까지 하니 정민으로서는 만족스럽다 못해 절로 흡족한 미소가 떠오를 정도였다.

세자는 갑작스러운 혼례의 결정에 당황한 기색이 역력하였으나, 언젠가는 찾아올 일이던데다 배필을 맞는다는 데에 대한 기대감이 더해진 모양인지 나중에는 혼례를 기대하는 것이 눈에 보일 정도였다. 아마도 결혼 상대인 김연화에 대해 이리저리 몰래 알아보고 그 평판을 들은 모양이었다.

"길일을 택해 혼례를 치르도록 하고, 그다음부터는 내 곁에서 정무를 도우면서 국사(國事)를 배우도록 하여라."

정민은 만족스러운 눈으로 세자를 보며 말했다. 키도

크고 체격도 건장하며 얼굴에 귀태가 흐르는 세자를 보니, 새삼 잘 자라주었다는 생각이 들었다.

앞으로 장산국의 왕통(王統)을 이어받을 아들이요, 또한 정민이 이 세상에 와서 남긴 흔적이었다. 이전 세상에서 살아온 시간보다 이제 이 시대를 살아간 시간이 더 길었고, 그사이 맏이가 다 성장하여 훌륭하게 자라주었다.

"알겠사옵니다, 아바마마."

세자는 공손한 얼굴로 대답을 했다. 아들의 얼굴에서 보이는 존경의 빛만큼 아버지를 감동시키는 것이 없었다. 정민은 그래서 자신의 삶이 그리 헛되지 않았다는 생각이 들었다.

"네가 보기에 지금 급선무로 처리해야 할 일이 무엇이라고 생각하느냐?"

"내부와 외부가 두루 안정되어 있으나, 백성들의 삶을 규율할 법이 부족한 점이 많습니다."

왕립대학에서 법학을 전공한 세자다운 대답이었다.

"어떤 점에서 그러하다고 생각하느냐?"

"재판에서 준거할 법령이 많지 않고, 아바마마께서 내리셨던 판결들에 의존하여 각 고을의 법관들이 재량으로 판결을 내리고 있습니다. 그러나 늘 예기치 못한 경우들이 생기고, 이러한 때에 의존할 만한 판결이 없으면 법관이 자의적으로 판결을 내리게 되고, 이에 따른 불만들이 많습니다. 특히 죄를 지은 자에게 벌을 내릴 때보다도, 백성들 사이의 사적인 쟁소(爭訴)에서는 더더욱 현명한 판결을 찾아보기가 어렵습니다."

세자의 지적은 올바른 부분이 있었다. 고려에서는 대개 당나라 시대의 당률(唐律)을 법의 전범으로 삼기는 하였으나, 대부분의 경우 실제로는 지방관의 관습적 판결에 따라 재판이 이루어졌다.

정민은 최소한의 근대적 사법제도를 도입하고자 일찌감치 고을마다 군법원(郡法院) 및 현법원(縣法院)을 설치하고, 동성부에는 대법원(大法院)을 설치하여 2심제를 시행하였다. 그러나 따로 법률을 업으로 삼던 사람이 없던 관계로 급하게 당률의 주석서인 『당률소의(唐律疏議)』와 이를 발전시켜 송나라에서 간행된 『대송형률총류(大宋刑律總類)』를 대학의 법률과에서 교육시킨 다음 판사로 삼아 보내는 수밖에 없었다.

몇 년 전부터는 판결과 수사를 분리해서, 수사를 담당

하는 검사의 직역을 도입하고, 죄인을 기소할 권한을 주었다. 재판의 결과에 불복하면 기소를 담당한 검사나, 아니면 판결을 받은 죄인이 대법원에서 다시 재판을 청구할 수 있었다.

그러나 어디까지나 이러한 것은 형법(刑法)과 관련된 것으로, 당률 또한 형법 중심의 법전이다 보니 범죄자에 대한 판결 외에 민법의 영역은 부실하기 짝이 없었다.

더불어 장산국에는 기존 전통 사회에 적합한 법률인 당률에서 다루지 않는, 예컨대 금융 사기 같은 온갖 범죄가 사회의 발전과 더불어 생기기 시작했다. 이러한 과정에서 정민이 직접 대법원에서 판결을 내린 경우가 문서로 기록되어 준용되고 있었는데, 이 때문에 법이 체계 없이 뒤죽박죽되어 있는 경우가 일쑤였고, 비슷한 사안에 대해서 어떤 고을의 판사는 구금 3년을 선고한다면, 다른 고을에서는 고작 은자로 배상하라는 정도의 판결이 나오는 등 법제도에 대한 신뢰가 아직 미비했다.

"죄인에게 벌을 주기 위한 형법과 사적인 쟁소를 다루는 민법을 나누고, 이 두 영역에 대해 법전을 편찬할까 하는데,˙ 어떻게 생각하느냐? 더불어 형법과 민법 위에 헌법(憲法)이라는 것을 두어 국체(國體)를 규정하고, 기본적인 원칙들을 선포하여 이에 준거하도록 하는 것도 좋을 것이다."

"제가 그 일을 맡으라는 말씀이시옵니까, 아바마마?"

"그렇다. 어떠하냐? 한 번 해보지 않겠느냐? 나라를 다스리는 일의 절반은 법을 통해 이루어지고, 나머지 절반은 칼을 통해 이루어진다. 여는 너에게 칼을 쓰지 않고 문치(文治)를 하더라도 충분한 정도의 안정된 나라를 물려주고자 한다. 그러니 너는 무를 경시하지 말되, 다만 지금은 법으로 어찌 나라를 규율할지를 생각해 보도록 하여라. 그 때문에 네가 법률과로 간다고 하였을 때에 나는 말리지 않고 오히려 반가웠던 것이다."

"성심을 다하겠사옵니다, 아바마마."

정민은 아들을 보면서 타고난 군주로 태어난 것이 아닌가 하는 생각이 들었다. 정민 자신이 처음 도착했던 고려 땅을 생각하면, 지금 장산국은 상상할 수 없을 정도로 번창하고 있거니와, 천하제일의 가장 부유한 항구로 명성이 자자할 정도였다.

수십, 수백 척의 배들이 동성부의 동래포뿐만 아니라

김해(金海)와 합포(合浦)로도 드나들고 있었다. 전국에 걸쳐서 정비된 도로를 따라서 많은 수의 수레가 분주히 오갔고, 백성들 가운데에서 비단포를 걸치고 다니는 부유한 이들이 차고 넘쳤다.

동성부에서는 이제 초가로 지붕을 올린 건물을 찾을 수가 없었고, 대부분이 기와지붕에 흔히 2층이나 3층을 넘어가는 건물들이었다. 동성부의 인구가 물경 20만에 다다라 나라 인구의 삼분의 일 이상이 번창하는 도읍에서 살아가고 있었다.

그러나 세자는 이러한 것을 당연해진 환경에서 자라났다. 어쩌면 너무나 익숙하게 이러한 발전을 받아들이고, 교만하게 굴고도 남을 수 있었다. 그러나 자라는 과정에서 세자의 안목은 넓어지고, 이러한 것들이 갑자기 이루어진 것이 아니며, 자신의 아버지가 공을 들여 차근차근 수십 년에 걸쳐서 쌓아온 업적이라는 것을 간파했다.

그러는 동시에 아직까지 그것이 완결된 일이 아니며, 앞으로도 해결해야 할 문제들이 산적해 있다는 사실도 알았다. 정민은 그러한 세자의 태도가 누구보다도 군주다운 것이라고 생각했다.

"때가 되면 너에게 통치를 나누어 맡길 것이다. 이것이 그 시작이니 잘 배워두도록 하여라. 너 또한 나중에 왕위를 잇게 되어 너의 자손을 보게 될 때에 치자(治者)의 도리를 직접 익혀 배우도록 하게 하여라. 그것은 전적을 읽어서 알 수 있는 것이 아니고, 끊임없이 고민하고 문제를 해결하면서 터득하게 되는 것이다. 알겠느냐?"

"예, 아바마마."

세자의 눈에는 아버지에 대한 신뢰와 기대가 품어져 있었다. 정민은 만족스러우면서도 어깨가 조금 무겁다는 느낌이 들었다. 이 세자와, 그가 다스리게 될 백성들에게 어떤 나라를 물려주어야 하는가에 대한 고민이 잠시 들었던 탓이다.

모든 것은 완성되지 않고, 이제 시작에 불과했다. 벌써 서른 해가 지나갔음에도 불구하고 세상을 바꾸어 나가면서 전진하는 것은 좀체 쉬운 일이 아니었다.

해가 바뀌기 전에 세자의 국혼이 치러졌고, 동궁(東宮)에는 모처럼 활기가 돌기 시작했다. 세자는 이내 형조(刑曹)의 관리들 및 왕립대학 법률과의 교수, 학생들과 더불어서 새로운 국법(國法)을 정초하는 일에 착수

했다.

매번 법전의 초안이 만들어질 때마다 엄청난 주석이 달린 채로 정민에게 상주되었고, 정민은 이를 다시 밤새 검토해 가면서 보완할 점과 자신의 생각을 기록하여 세자에게로 돌려보냈다. 하루 이틀로 될 일이 아니었고, 족히 5년은 내다보고 해야 할 일이었다.

중국의 법률뿐만 아니라, 대식국 상인들을 통해서 이슬람법과 로마법의 문헌들까지 국내에 들어오게 되었다. 이를 해석하기 위해 언어를 배우고 다시 그것을 번역하는 데에만 또 족히 몇 년이 걸렸다. 그러나 정민은 조바심 내는 세자를 잘 다독였다.

"법은 한 나라의 백 년을 지탱할 기틀이 될 것이다. 이를 성급하게 만들어서는 안 된다. 지금 십 년이 수고롭더라도 그를 통해 앞으로의 백 년이 평안할 것이다. 알겠느냐?"

정민의 독려를 받으며 세자는 법전을 펴내는 일에 더욱 매진해 나갔다. 그사이 세자와 세자빈 사이에서 아들이 태어났다. 정민의 장손(長孫)이었다. 정민은 그 아이에게 영(煐)이라는 이름을 붙여 주었다.

❀   ❀   ❀

1187년이 되었을 때, 기존에 무작위로 통용되던 각종 통화를 국내에서는 원(圓), 환(環)과 전(錢)의 단위로 일원화하여 왕립은행에서 찍어낸 금화(金貨), 은화(銀貨)와 동화(銅貨)만으로 거래를 하도록 만들었다.

그간 세월이 지나오면서 왕립은행의 통화 유지 능력에 대한 신뢰가 폭넓게 형성되었다는 판단 때문이었다. 아직 송나라의 교초와 같은 신용화폐를 유통시키기에는 성급하다는 생각이 있었고, 때문에 이것은 일종의 어음으로 은행 간이나 큰 거래에만 국한시키고, 대부분의 거래에는 오로지 그 화폐에 포함된 은과 동의 값어치로 그 가치가 담보되는, 왕립은행에서 유통시키는 국폐(國幣)만을 허용한 것이었다.

이와 동시에 온갖 현물거래(現物去來)와 국내에서 외국 화폐로 거래하는 것이 금지되었고, 내항하는 외국 선박에 대하여서는 모두 세관(稅關)에서 2할의 관세를 내게 하고, 들고 온 화폐에 대해서도 고정된 환율에 따라서 환전하는 것을 의무화하였다.

다소 독단적인 조치에도 불구하고, 이러한 것이 시행이 가능한 것은 이미 바다를 오가는 배들 사이에서 장산국의 화폐가 믿을 만한 가치를 지닌 것이라 여겨져 폭 넓게 유통되어 있는데다가, 환전에서도 교묘하게 손해를 물리게 하지 않을 것이라는 믿음이 확산되어 있었기 때문이다.

이러한 제도를 하나 운용하는 데에도 시장의 신용이 필요한 것은 자명한 일이었다. 정민과 그의 나라가 지난 30여 년간 쌓아온 신뢰가 없었더라면 애초에 이런 정책을 적극적으로 추진하기 어려웠을 것이다.

"올해의 예산이 어찌 되오?"

새로운 화폐 정책의 도입과 함께 기존에도 암묵적으로 이루어지고 있던, 매년 정초에 새해의 예산 계획을 보고하고 정민의 인준을 받게 하는 제도를 공식적으로 정착시켰다. 이제 수염이 다 세고 등이 굽기 시작한, 늙은 영의정 하두강이 직접 나와서 비단 두루마리에 쓰인 예산 계획을 상주하였다.

"총 칠백삼십만 원이 새해에 각종 명목으로 지출될 예

정이옵니다, 전하."

정민은 그 내역을 꼼꼼히 살펴보았다. 1원은 대략 3그램 정도의 금을 함유한 금화이므로, 7백만 원이라는 것은 곧 20톤가량의 금이 예산으로 사용될 것이라는 말이나 다름없었다.

왕립은행이 보유하고 있는 금의 총량이 대략 38만 톤가량이었다. 이것은 지난 30년 동안 장기적으로 금본위의 화폐를 유통시킨 다음, 장기적으로 금태환을 담보로 한 신용화폐를 발행하기 위해 정민이 모아온 금이었다.

세계 어디에도 이만한 금을 한 나라의 국고가 저장하고 있는 경우는 없었다. 그런데 그 절반에 해당하는 예산이 올 한 해에만 사용된다는 것이다. 물론 이미 시중에 유통되고 있는 금화로 지불을 하게 되는 것이므로, 국고에 수장된 금의 저장량에는 영향을 끼치지 않겠지만 말이다.

하나 확실한 것은 해가 지나갈수록 예산이 폭증을 하고 있다는 점이었다.

"진학 수요가 늘어나서 기존에 고을마다 세 개 꼴이던 소학교를 평균 여덟 개까지 늘리고, 중학교도 세 개 이상을 설치하고, 대학과 중학교 사이에 대학예과(大學豫科)를 두어 고을 네 개마다 하나씩 두겠다? 건물을 짓고 교사를 확충하고 교재를 보급하는 데에도 엄청난 예산이 들겠군."

"그렇사옵니다, 전하."

"활자를 개량하는 데, 법전을 펴내는 데, 역법을 연구하는 일……. 여기에는 아예 산지에 천문대를 설치하는 일까지 포함되어 있구먼. 이외에도 선령(船齡)이 다한 군선을 교체하는 건에 대하여 41만 원. 이것뿐만이 아니라 군대를 유지하는 데에 들어가는 돈만 하여도 3백만 원이 넘는군. 예산 가운데에 절반 가까이가 군대에 들어간단 말이오?"

"전하, 숫자는 3만에 불과하나, 그 하나하나가 적의 열을 감당해 내는 정병들입니다. 훈련을 시키고, 봉록을 지급하고, 총과 포를 개량하고 보급 유지하며, 군선을 만드는 일에 들어갈 돈들이 막대하나이다. 그러나 발해(渤海)에서 일본(日本)에 이르기까지, 그리고 갈라전에서 유구에 이르기까지 먼바다에서도 무역을 하는 배들이 모두 안전한 것은 아조의 해군이 이를 감당해 내고 있기 때문이요, 구주의 동란이 잠잠해지고, 고려의 권신들이 감히 우리 경계를 넘보지 못하고, 탐라(耽羅)까지 복속을 청해온 것은 모두 우리의 육병이 강하기 때문이옵니다, 전하."

"다소간 지나치더라도 어쩔 수 없지. 윤허하겠소."

정민은 예산서에 국새를 찍어주었다. 전근대에 국가예산의 태반이 군대를 유지하는 데에 들어가는 것은 어느 정도 당연한 일이었다. 오히려 장산국의 경우가 군대에 투입되는 예산이 상대적으로 비율이 낮은 것이었다.

그러나 그 비율과는 별개로 그 액수는 어마어마하기 그지없었다. 그럼에도 이런 예산을 집행할 수 있는 것은 믿고 있는 구석이 있기 때문이었다.

"지난해의 국고 총수입이 아마 천만 원가량이 되었지 않소?"

"그렇사옵니다, 전하."

정민은 국고를 늘리기 위해서 10원을 가진 백성들에게 8원을 거두어가는 전통적인 방식 대신에 세율은 낮추되 백성들이 가진 돈을 늘리게 하는 방식을 선택했다.

단기적으로는 효과를 볼 수 없고 성공한다는 보장도

없지만, 이제는 세입으로만 천만 원에 달하는 돈을 거두어들이고 있었다. 100원을 가진 백성에게 20원을 내게 하는 것이 원망도 적고 국고를 채우기에도 용이한 것이다.

"내년에는 국세조사를 하여야 하겠네. 전국 백성의 모든 호적과 수입, 그리고 재산의 내역을 낱낱이 조사하고, 그 가계와 혈통 또한 조사할 것이니, 이에 다시 200만 원의 예산을 할당하도록 하시오."

"전하, 지금 그를 감당한 관료의 수가 충분치 않사옵니다."

"이번에도 예산이 아니라 사람이 문제요?"

"여전히 대학을 나오기보다는 일찌감치 배를 타거나 상인의 밑에 사환으로 들어가는 젊은이의 숫자가 많습니다."

"대학에서 학비를 받지 않아도 말이오?"

"대학에서 공부를 사 년에서 팔 년 가까이 하다 보면 혼인을 하였으나 벌이가 없어서 식구를 건사하기가 어렵고, 관직에 나아가도 큰돈은 벌지 못한다는 인식이 팽배하여 재능 있는 젊은이들이 장사에 더 관심을 보여서 그렇지 않겠사옵니까."

장산국 사회의 부작용이라면 바로 이런 것이었다. 워낙에 무역을 통해서 자수성가하고 일확천금을 이룬 거상들이 많다 보니, 젊은이들도 그러한 꿈을 꾸기 일쑤였다.

기껏 중학까지 공부를 힘들게 마치고 나면 더 이상 공부를 하여 학자나 관료가 되기보다는 장사에 나서서 큰돈을 만지겠다는 모험주의가 팽배한 것이었다.

물론 학업을 계속해서 관료나 학자가 되는 이들의 수가 절대적으로 꼭 적기만 한 것은 아니었다. 다만, 수요 자체가 폭증하고 있던 것이다.

고려 중앙 조정에서 봉직하는 문무관의 수를 도합하여도 천 명을 넘지 않았다. 지방관들과 그에 속한 아전들의 수를 다 합해도 고려 전체가 1만이 되지 않는 숫자의 관료들로 운영되고 있는 셈이었다. 그리고 국가가 이들에게 전부 녹봉을 지급하는 것도 아니었다.

그러나 장산국의 경우는 국가가 원칙적으로 모든 관리들에게 합당한 급료를 지급하게 규정되어 있으며, 실제로 그렇게 하고 있었다. 그런데도 국가기관에 소속된 관료들의 숫자만 벌써 칠천 명을 넘어가고 있는 상황이었다.

물론 여기에는 중앙정부의 관료들, 군대의 장교들, 그리고 각급 학교의 교원들이 모두 포함되어 있기는 했다. 그러나 여전히 사람은 더 필요하고, 그에 반해 인력의 양성은 시간이 걸리는 노릇이니 늘 사람이 부족한 것이다.

예컨대 대학에서 한 해에 삼백 명의 졸업자를 배출한다면, 실제로 국가가 그 해에 추가로 필요한 충원 인원은 사백이나 오백 명에 해당하는 것이었다.

하나의 군(郡)마다 그 수장인 군수(郡守) 아래에 서신의 집배 등을 맡는 말단 우정원(郵政員)까지 평균 백여명의 관료가 일하고 있었다. 그 외에도 국가에서 고용한 의원, 고을마다 배치된 법원 직원들, 그리고 도로와 역참을 관리하는 관헌들까지 더해지면 그 숫자는 더 늘어났다. 그런데 이 숫자의 직원으로도 이번에 국세조사를 대대적으로 실시하면 감당을 할 수 없었다.

"어쩔 수 없이 각 고을의 중학생들을 동원해야겠소. 대신에 학생들에게 은전(銀錢)을 하사하여 보상이 되게 하시오."

마땅한 대안이 없으니 글을 충분히 익히고 산술을 할

줄 아는 중학생들을 동원하는 수밖에 방법이 없었다.

이내 전국에 국세조사의 칙명이 떨어지고, 함안으로부터 유구와 남해도에 이르기까지 총 조사가 이루어지기 시작했다. 거의 한 해가 걸리는 대작업이었다. 정민은 이러한 총 조사를 5년 주기로 행할 것을 명했다. 국가의 능력을 최대한으로 발휘하려면 그 정확한 규모를 알아야만 했다.

대개 전통 시대의 호적이라는 것은 세금 부과의 근거가 되었기 때문에 호적 조사에 응하지 않거나 뇌물을 바쳐서라도 적에서 자기 이름을 빼려고 하는 사람들이 많은 것이 일반적이었다.

그러나 장산국의 경우에는 관료들이 그렇게 호락호락하지도 않거니와, 20년간 의무적으로 출생신고, 사망신고, 그리고 혼인신고를 법적으로 강제하고 이를 이행하지 않았을 경우에 막대한 벌금을 물려서 꽤나 정확한 호적을 갖고 있어 이를 근거로 실제 조사를 이행할 수 있었다.

더불어 백성들도 이러한 조사가 세금을 올리기 위한 수단으로 이용되지 않을 것이라는 믿음이 이제는 있었다.

지난 20년간 수입은 늘고 배를 곯을 일이 사라진 반면에, 세율은 일정하게 변동 없이 유지되었다.

더 벌어들이는 만큼 더 내게 되기는 했지만, 벌이의 1할이면 1할, 2할이면 2할로 정해져 있지, 갑자기 1할씩 내던 세금이 각종 명목을 붙여서 7할이 되거나 하는 일이 없기 때문이었다.

덕분에 조사 자체는 손이 많이 가고 사람이 많이 투입되어야 하는 일이 되었지만, 일 년에 거쳐서 꽤나 순조롭게 진행될 수 있던 것이었다.

이렇게 조사된 것이 이듬해 연초에 정리되어 『국세표(國勢表)』라는 이름으로 간행되었으나, 다만 중요한 자료이다 보니 대외비로 분류하여 호조 관원과 고위 관료, 그리고 일부 허가를 받은 학자들 외에는 열람이 가능하지 않게 묶어두었다. 대신에 이번에 간행한 정미년(丁未年)의 국세표는 10년 이후에는 공개가 가능하도록 하였다.

1부 12군 3현에 걸쳐서 총인구는 생각보다 많은 칠십일만 사천이백팔십오 명이었고, 이 가운데에 삼십오만 육천육백이십일 명이 남자, 삼십오만 칠천육백육십사 명이 여자였다. 또한 전체 가운데의 절반이 넘는 삼십칠만 사천여 명이 20세 이하의 젊은 인구였다.

장산국 본토의 인구는 총 오십이만 사백 명 정도였고, 이외에 대마현에 등록된 인구가 삼만 이천, 유구현에 등록된 인구가 십일만, 남해현에 등록된 인구가 나머지 칠만가량이었다.

원적(元籍)을 조사한 결과, 그 핏줄이 고려계인 자가 오십구만 정도였으며, 유구계인 자가 그다음으로 팔만 칠천, 나머지 일본계, 남해 원주민 등이 도합 이만 명을 조금 웃돌았다.

수입에 따라서 봤을 때, 연간 100원 이상의 수입을 올리는 자를 대호(大豪), 연간 20원 이상의 수입을 올리는 자를 소호(小豪), 5원 이상을 중민(中民), 2원 이상을 소민(小民), 그 이하를 세민(細民)으로 두어 분류한 결과, 대호에 해당하는 인구는 1만여 명가량, 소호는 7만 명가량, 중민이 12만, 소민이 23만, 세민이 28만 명가량이었다.

스스로 벌이가 없거나 늙거나 어려서 일할 수 없는 사람들이 모두 포함되었으므로, 조사를 할 때에는 가구의 수입을 모두 더하여 그 가구원의 수대로 나누었다. 중민과 소민이 인구의 많은 부분을 차지하고 있다는 것은 희망적이었고, 세민의 수가 여전히 많다는 것은 아직 갈 길이 멀다는 이야기이기도 했다.

물론 세민들조차도 대다수의 주변 나라들의 농민에 비하면 뚜렷하게 나은 삶을 누리고 있었으나, 장산국에서도 이러한 세민들은 아이들을 학교로 보내면 집안의 노동을 거들 인력이 손실이 있으므로 교육을 시키기 어려웠고, 집에는 기와를 올리는 것이 드물었으며, 의료나 법률의 혜택으로부터도 대개 소외되어 있기 일쑤였다.

"앞으로 이러한 세민들의 자녀들에게는 약속한 지원을 주어서라도 학교에 나아가도록 하여라. 하나하나의 백성이 해야 할 일이 많은데 이러한 집안의 아이들이 가난을 대물림 받게 하는 것은 국가적 손해이다."

세민들에 대해서는 특히 세금을 더 낮추고 교육을 더욱 늘일 것을 정민은 지시했다. 이 또한 정책이 효과를 보려면 향후 이십여 년은 지나야 하겠으나, 지금부터 손을 대지 않으면 안 되는 것이었다.

특히 세민층에서 중학 이상의 졸업자가 의무교육을

20년가량 시행했음에도 1할에도 미치지 못한다는 것은 정민에게도 내심 충격적이었던 것이다.

'아이를 학교에 보내야 할 동기가 전혀 없으니 집에서 일을 시키는 것이 더 합리적이라고 느껴지겠지. 최소한의 보상이라도 주어서 꾀어내지 않으면 앞으로도 이들은 아이들을 학교에 보내지 않을 것이다.'

남들이 다 받는 교육을 받지 못하고 때를 지나 보내면 나중에는 그 격차를 따라잡기가 더 힘들어진다. 이미 장산국에서도 무역을 통해 벌어들이는 막대한 돈이 특정 부호들에게 쏠리기 시작하는 현상이 나타나고 있었다.

이들은 이미 사실상 보험이나 주식과 같은 제도를 스스로 고안해 내서 자본의 안전성을 탄탄히 하고 그 부를 증식시키고 있었다. 더불어 이들 부호들은 장산국의 관료 집단과도 혼맥과 같은 인맥으로 단단히 뭉쳐져 있었다.

이것은 정민이 일일이 감독할 수가 없는 성격의 것이었다. 애초에 지방의 호족들을 무역에 참여시키는 식으로 끌어내 안정적으로 영지의 통제권을 확보할 수 있던 데다가, 그들이 고스란히 초기의 부족한 관료의 수를 메

우기 위해 조정에 진출했던 것이다.

아직까지는 사회가 변화는 속도가 빨라서 이러한 불평
등이 가시화되고 있지 않지만, 장기적으로는 이러한 계
층 격차가 큰 문제가 될 수 있었다.

물론 이러한 신분제가 전 세계에 걸쳐서 용인되고 있
는 세상이었다. 농업 사회의 공정함과 산업사회의 공정
함은 다른 것이다. 산업사회에서는 개개인이 평등하게
노동력을 제공할 수 있는 주체로서 그 인권과 대우에 있
어서 동등한 가치를 배분 받는 것이 공정함의 핵심이라
면, 농업 사회에서는 사회적 가치의 배분이 사회적 신분
에 따라 이루어지는 것이 공정한 것이었다.

여자보다는 남자가 더, 농민보다는 귀족이 더 가져가
는 것 말이다. 그러나 장산국은 산업사회라고는 할 수 없
지만, 농업 사회라고도 보기 힘든 사회였다. 그보다는 하
나의 커다란 도시국가라고 하는 편이 가까울 것이다.

이러한 국가에서는 보다 평등주의적인 원칙이 강하게
작동하게 되는 경향이 있고, 그러한 요구는 결국에는 문
제를 야기할 것이었다. 그렇기 때문에 장기적으로 세민
들의 교육도 강화하여 불안의 여지를 줄여두려고 하는

것이었다.

❀ ❀ ❀

1190년에 이르러서 세자가 주관하고 있던 법전의 편찬이 완료되었다. 소위 말하는 근대법의 육법(六法), 즉 헌법, 민법, 형법, 상법, 형사소송법과 민사소송법 가운데에 헌법과 민법, 그리고 형법만을 다루었고, 상법과 민사소송법에 관련된 것은 민법의 일부로, 형사소송법은 거의 규율하고 있지 않은 것이었으나, 그럼에도 불구하고 전통적 법률 제도에 비하면 진일보한 것을 규정한 법이었다.

태형과 같은 신체형이 금지되었고, 사형 방식은 단두대를 이용한 것으로 일원화되고, 그 집행까지 혹여 모를 법리적 오해를 규명할 수 있는 기간으로 3년을 두었다.

다만, 여전히 반역 사범에 관해서는 공개 처형과 즉결 집행을 허용하는 법이기는 했다. 가장 큰 성과라고 한다면 성문 헌법을 만들어낸 것이라고 할 수 있었다. 겨우 10개 조에 불과한 간략한 법이었으나, 국왕주권(國王主

權)을 명기하고, 신민(臣民)들 사이의 신분 차이가 없음을 천명하고 있었다. 물론 사실상의 몇몇 특권을 허용 및 세습을 받을 수 있는 귀족 계층이 존재하였으나, 공식적으로 이들의 신분을 규정하지는 않은 것이다.

이렇게 만들어진 법전이 『경국대전(經國大典)』이라는 이름으로 반포되었다. 이것은 조선조에 완성된 바로 그 책의 이름을 따라서 정민이 직접 하사한 이름이었다.

법치의 근간이 완성되었기에 모든 율사(律士)들은 이를 숙지하고 이에 준용하여 법 제도를 운용할 것이 요구되었고, 이전 5년간 이루어진 사법적 집행에 대하여 이 경국대전에서 규정하고 있는 바와 차이가 큰 판결이 난 경우는 바로잡도록 명을 내렸다.

또한 기존의 2심 체계를 3심 체계로 바꾸고, 고을마다 있는 법원을 지방법원(地方法院), 지역마다 있는 법원을 고등법원(高等法院), 그리고 도읍에 있는 최고법원을 대법원이라 규정하였다.

다만, 군사법원의 경우에는 전시에는 즉심제를, 평시에는 2심제를 유지하도록 하였다.

이와 함께 경찰 제도를 창설하여, 인구 이백 명당 순

사(巡査) 하나가 배치될 수 있도록 경찰 인력을 선발하고 향후 10년간 확충하도록 명을 내렸다. 아울러 지역의 치안을 유지하고, 범죄자를 잡아들이는 권한을 여기에 부여하며 지역마다 설치된 포도청(捕盜廳)에서 이를 관할하도록 하였다.

10년 동안 확충해야 할 인원이 4천 명에 달하였으니 절대 적은 인원이 아니었음에도, 정민은 아무나 경찰이 될 수 없도록 그 자격을 최소한 소학교 졸업 이상으로 못 박았다. 최소한의 법 제도에 대한 이해와 공무를 집행할 능력이 필요했기 때문이다.

그사이 하두강이 노환을 이기지 못하고 결국 세상을 떠났다. 정민의 근신(近臣)들 가운데에서 가장 먼저 세상을 등진 것이다. 정민은 그에게 정경공(貞敬公)의 시호를 내리고 그 자손들을 위문하였다.

"많은 세월이 흘렀지요. 참으로 많은 일들이 있었습니다."

정민은 오랜만에 다르발지를 찾아서 함께 시간을 보내며 흘러간 일들을 되새겨 보았다. 그녀는 여전히 건강했으나, 세월을 이기지는 못해 이제 완연히 노년의 나이로 접어들어 있었다. 주름지고 머리가 센 그녀의 모습을 보니, 한때 탄탄한 허벅지로 말을 몰며 시원한 미소를 짓던 그녀의 젊은 모습이 새삼 그리웠다.

"그러게 말이오. 많은 시간이 흘렀지."

"전하께서는 아직도 세월이 감히 접근하지 못하고 비껴가는 것 같으십니다, 그래도. 분명히 무병장수하실 것입니다."

다르발지의 말이 괜한 소리는 아니었다. 몇 년 뒤에는 환갑에 이를 정민이었으나, 이제야 사십 후반 정도로 보이는 외모였다. 정민은 자신이 잘 늙지 않는다는 것을 이제는 받아들이고 있었다. 아마 이대로 간다면 큰 병을 앓지 않고서는 구순까지 살게 될 가능성도 높았다.

"그게 과연 좋은 일일까 싶소. 내가 사랑하는 이들이 모두 내 곁을 떠나간 다음에 나 홀로 남아서 옛 일을 추억하면 그 또한 괴로운 일 아니겠소이까?"

몸이 급격히 노쇠한 우정승 김유회도 은퇴를 청하여 정민은 결국 그것을 윤허하고 건강을 잘 챙기라 다짐까지 받았다. 가장 먼저 자신의 사람이 되어 오랜 기간 봉직해 온 그였다. 무려 35년에 가까운 세월이었다.

그때, 서른 줄의 젊은 금주 상인이었던 그는 이제 칠순의 나이가 되어 시력도 거의 잃어가고 있었다. 그의 아들들이 모두 훌륭하게 성장하여 이제 조정의 관료가 되어 일하고 있지만, 김유회가 떠나간다고 했을 때 정민은 정말로 세월이 이제 많이도 흘러갔다는 것을 실감했다.

　"그간 불사(佛事)와는 거리를 두셨지요? 오히려 거대한 사찰들을 폐하고 승려들이 늘어나지 못하도록 막지 않으셨습니까?"

　"갑자기 그 이야기는 왜 하시는 거요?"

　"이제 도읍에도 부처님 계실 곳을 마련하고, 공양도 하시는 것이 어떻습니까? 가끔 불전을 찾아서 조용히 그 가르침을 듣다 보면 마음이 좀 더 편안해지시지 않겠습니까? 일전에 양산에 있는 절간에 가서 반야심경을 독송하다 보니 마음이 많이 편안해졌습니다. 생로병사(生老病死)는 모든 인간이 피해 갈 수 없는 것인데, 언젠가는 저도 세상을 떠나가고, 전하께서도 그러시겠지요. 나는 데는 순서가 있어도 가는 데는 순서가 없으니, 누가 갑작스럽게 세상을 떠날지도 모르고, 그때에는 모든 부귀영화도 손에 쥐고 갈 수 없지 않겠습니까? 전하께서도 세월이 흘러가는 것을 받아들이셔야 합니다."

다르발지의 말이 옳았다. 종교에는 특별한 가치를 부여하거나 기대를 하지 않는 정민이었으나, 그동안 종교가 훼방물이 되지 않게 할 목적으로 일부러 지나치게 불교를 억눌렀던 것도 있고 해서 이제는 좀 숨통을 트여주는 것도 나쁘지 않지 않을까 하는 생각이 들었다. 그렇잖아도 도성 내에서는 절 하나 없다 보니 오히려 온갖 무당들과 미신적 행위가 성행하고 있었다.

"도성 내에 절간뿐 아니라, 경교(景敎)나 회교(回敎), 그리고 도가의 사원들도 여는 것을 허락하리다. 나도 한번 직접 행차하여 부처님께 공양을 한 번 하리다."

정민의 말에 다르발지가 환하게 웃었다. 고향을 떠나서 오랜 세월 자신의 곁을 가장 든든하게 지지하고 지켜준 여자였다. 그 강인함에 정민은 많은 힘을 얻었다. 그런 그녀도 세월이 흐르자 이제 부처에 의존하여 세월을 이겨내는 법을 새롭게 배우고 있었다. 그러한 그녀에게 무엇이라도 해줄 수 있다면, 정민은 그것이 나라를 무너뜨리는 것이 아니고서야 해줄 것이었다. 그런데 절을 짓고 함께 다녀오는 것 정도야 무슨 대단한 노력이 필요하겠는가.

며칠 뒤, 정민은 도성 내에서 어떠한 종교든 자유롭게 포교하고 사원을 건축할 수 있도록 허가하는 칙령을 내렸다. 불심이 높은 백성들이 크게 환영했고, 무역로를 따라 흘러 들어온 경교나 회교도들도 반색했다.

정민은 따로 나라에서 이러한 종교들을 지원하지는 않을 것을 천명했고, 종교를 들어서 서로를 핍박하고 공격하는 것 또한 엄격하게 금지시켰다. 그리고 다르발지의 이름으로 은금을 내리게 하여 도성 서쪽의 빈 땅에 보국사(報國寺)라는 이름의 절을 짓게 하고, 황룡사 9층탑에 못지않은 거탑(巨塔)을 세우라고 했다. 그 탑 위에 올라 언제고 자신이 이룩해 낸 이 동성부의 번화함을 보고자 하는 마음이 들었기 때문이다.

종장
지나간 자리

주경수(周硬修)는 신해년(辛亥年, 1191년)생으로 올해인 정해년(丁亥年, 1227년)에 서른일곱이 되었다. 그의 조부인 주철응(周鐵鷹)은 본래 쇠매라는 이름의 동래의 평범한 어부였다. 그러나 그가 열여섯이 되었을 무렵에 대왕 전하께서 나라를 건국하셨고, 조부는 갑자기 징병되어 함안에서 큰 싸움을 치렀다고 했다.

　여기에서 대승을 거둔 뒤에 주철응은 참전의 공로로 적잖은 보상을 받고 고향으로 돌아와서 선원이 되었고, 호적에 주철응이라는 이름도 받아 올렸다. 그 뒤에 우연

치 않게 유구를 오가는 상단의 배를 이끄는 선장까지 되었고, 그사이 삼남오녀를 보았다.

주경수의 아버지 주양계(周楊桂)는 그 주철웅의 자녀들 가운데 차남이었다. 주철웅은 장남은 대학까지 공부를 시켜야겠다고 다짐했고, 장남에게 여러 지원을 아끼지 않았다.

그렇게 주경수의 백부는 조부의 지원을 받아 왕립대학의 법률과를 졸업하고 헌양에서 판사로 그 생활을 시작하였으나, 안타깝게도 자녀도 남기지 못한 채로 요절을 하고 말았다. 주철웅은 그 때문에 상심이 컸고, 결국 시름시름 앓다가 세상을 뜨고 말았다.

그래도 주철웅이 선장 노릇을 하며 남긴 가산이 적지는 않았기에 중학을 마친 주경수의 아버지 주양계는 군에서 3년간 복무를 마친 다음에 바로 상단의 사환으로 들어가서 일을 하고 나머지 가족들을 먹여 살렸다.

누이들은 모두 시집을 좋은 곳에 보내었고, 막냇동생 주월계(周月桂)는 역시 중학까지 뒷바라지를 한 다음에 자기가 독립하여 꾸린 상회에서 함께 일하게 했다.

주양계와 주월계 형제는 장사 수완이 꽤 있었다. 당시

에 불어오던 남양 무역의 바람을 타고 빚을 크게 내 배를 세 척 장만한 다음에, 무작정 천주보다 남쪽으로 내려가서 남양의 여러 나라들을 돌며 무역을 하여 돌아왔다.

이 상행이 크게 성공적이었기에 이후로 이들은 빚을 모두 갚고 사업을 불려 나갈 수 있었다. 혹여 모를 난파 사고에 대비해서 항해보험도 들었고, 모자란 사업 자금은 주식을 팔아 충당하였다.

주경수는 아버지와 삼촌의 사업이 한창 번창하고 최초로 장산국 소속의 함대가 천축(天竺)과 대식국까지 다녀온 그해에 태어났다. 주경수의 셋째 아들로 태어난 그는 많은 예쁨을 받았고, 어린 시절에는 철없이 공부와는 담을 쌓고 동네 아이들과 전쟁놀이나 하면서 돌아다녔다.

그의 어린 시절에는 부족함이라는 것이 없었다. 아버지는 동성부에서 힘깨나 쓰는 거상(巨商)까지는 아니지만, 어디 가서 재산으로는 크게 꿀리지 않을 정도의 돈을 벌어들인 사람임에는 틀림없었다.

동래항 근처에 80칸짜리 기와집도 있고, 부리는 사람의 수만 해도 족히 수백 명은 된다고 들었다. 그러한 환경에서 자라나면서 주경수는 자연스레 바다를 오가는 상인이 되는 것을 꿈꿨다. 젊은 시절에는 먼바다까지 나가서 큰 부를 쌓고 온 아버지였으나, 주경수가 태어났을 무렵에는 이미 바다로 직접 나가지는 않고 사람들을 부리며 동성부에서 모든 일을 처리하고 있었다.

때문에 주경수는 배불뚝이 아버지가 어떻게 그런 부를 쌓았는지 이해를 할 수 없었다. 그러나 늘 아버지는 자신이 삼촌과 함께 남양의 섬들을 돌아다니면서 어떻게 무역을 하였는지 모험담을 들려주었고, 자신도 자라나면 그러한 모험을 반드시 하겠다는 꿈을 지니고 컸던 것이다.

주경수의 두 형 가운데 큰형은 대학의 상과를 나와서 아버지의 사업을 물려받기 위해 일찌감치 일을 거들기 시작했고, 둘째 형은 사관학교를 나와서 육군 장교가 되었다.

그러나 주경수의 꿈은 선장이었다. 그냥 선장이 아니라, 자기 배를 끌고 세상의 모든 바다를 돌아다니고 모든 나라를 방문하는, 그런 선장 말이다.

어느 날 주경수가 그러한 말을 하는 것을 들은 어머니는 기겁을 해서 크게 야단을 쳤다. 바다로 나가는 것은 여전히 위험한 일이었고, 사람이 돌아오지 못하는 일도 드물지 않았다. 운 좋게도 수십 차례 항해에서 큰 사고 없이 살아남은 사람이라 할지라도 고된 항해로 젊은 시절을 보내고 나면 돈은 꽤나 남지만 건강이 완전히 상해서 오래 살지 못하곤 했던 것이다.

더욱이 남편을 먼바다로 보내놓고 늘 가슴을 졸이며 살아온 어머니는 금지옥엽 같은 막내아들이 배를 타고 바다를 돌아다니는 것이 꿈이라고 하니 깜짝 놀라서 뒤집어졌던 것이다.

아버지는 어머니의 간청을 못 이겨서 주경수를 크게 야단쳤고, 그 뒤로 주경수는 자기의 꿈을 입 밖으로 꺼내지 않았다. 대신에 어머니가 바라는 대로 중학까지 공부에만 집중을 했다.

가장 우수한 학생들이 간다는 동성일중(東城一中)에서 전교 삼십 등 안에 드는 성적으로 졸업을 했고, 원한다면 대학예과에 무시험으로 입학할 수도 있었다. 어머니의 강권에 못 이겨서 열일곱에 결국 대학예과에 들어갔으나, 이때부터 주경수는 거의 공부에는 손을 놓고 항해술과 지리학 책을 탐독하면서 시간을 보냈다. 꼴등에 가까운 성적으로 간신히 왕립대학 지리학과에 들어가기는 했으나, 주경수는 학교에 나가지를 않았다.

대학을 졸업하면 군역이 면제가 되는 데도 불구하고 주경수는 더 이상 공부할 의지가 없었기에 학교를 그만두고 입대를 선언해 버렸다. 그 말에 아버지와 어머니가 모두 놀라서 거의 쓰러질 정도로 화를 냈지만, 이미 저질러 버린 일이니 돌이킬 수 없다고 하면서 바로 그냥 해군 사관학교로 진학을 했다.

그 뒤로 삼 년간은 정말 지옥 같은 세월이었다. 해군의 군기는 이미 악명이 자자했다. 일 년 동안은 거의 하루에 네 시간 쪽잠을 자가면서 낮에는 배의 갑판을 닦고 온갖 가혹 행위를 받으며 군기가 잡힌 다음에 저녁이 되어서야 간신히 공부를 잠을 줄여가며 해야 하는 생활이었다.

당장에라도 그만두고 나가고 싶었지만, 집안의 반대를 무릅쓰고 저질러 놓은 일이기에 여기서 멈춘다는 것은 있을 수가 없는 일이었다.

그래도 이 년 차까지 지나가고, 삼 년 차가 되자 많은 것이 편해졌다. 모든 잡일로부터 면제가 되었고, 사실상

일 년 차 신입들의 시중을 받아가면서 공부를 할 수 있는 환경이었다. 함선의 운용술을 비롯해 독도법, 그리고 육분의와 나침반을 이용한 측량법, 함대를 운용하는 법 등에 대해서 많은 것을 배웠다.

사관학교를 졸업한 뒤에는 의무적으로 6년간 군에서 복무하도록 되어 있었고, 1210년, 스무 살의 나이에 주경수는 해군 참위(參尉)가 되어 군 생활을 본격적으로 시작했다. 사이가 틀어져 있던 부모와도 화해를 하였고, 운 좋게 중신이 들어온 예쁘고 참한 처자와도 백년가약을 맺어 가정도 꾸렸다.

처음으로 유구와 남해도를 거쳐서 교지국(交趾國)까지 다녀오는 원양항해에 참여했고, 이곳에서 해적들을 포격으로 내쫓는 경험도 했다. 몸은 고되고 힘들었으며, 병사들을 다루는 일도 좀체 쉽지 않았지만, 주경수는 늘 꿈꾸던 대로 먼바다로 나가서 항해를 하는 것에 큰 기쁨을 느꼈다. 바로 자신이 있어야 할 곳이 여기라는 것을 다시 확신할 수 있던 것이다.

그러나 복무 사 년 차로 접어들던 스물셋 나이에 부위(副尉)로 일찍 진급하였으나, 그와 함께 인사이동이 되

어 선상 근무가 아니라 부산포(釜山浦) 군항에서 보급물
자를 관리하는 보직으로 발령이 되었다.

이때부터는 지겨운 날의 연속이었다. 매일같이 배에
선적될 물자를 계산하고, 병사들에게 갖추어야 할 보급
품을 단속하는 것이 일과였다. 다행히도 아내와 함께 보
낼 시간은 늘어났고, 그사이 진혁(眞赫)이라는 이름의
아들도 하나 보았다. 그러나 일상은 지루하고 좀체 재미
가 없었다.

6년의 복무를 마친 뒤에 정위로 진급을 하고 군대에
남을 것인지, 아니면 소정의 퇴직금을 받고 퇴역을 할 것
인지 선택을 하게 되었을 때, 주경수는 주저 없이 군복을
벗었다.

처음 집에서는 아버지와 형을 도와서 사업에 참여하라
고 재촉하였으나, 주경수는 그런 대신에 조정에서 바다
를 돌아다니며 해도(海圖) 그리는 일을 할 사람을 모집
하는 일에 지원하였다.

"위험한 항해가 될 것인데, 굳이 꼭 지원을 해야겠느
냐?"

어머니가 소식을 듣고 찾아와 만류를 하는 통에 그만

둘 뻔했지만, 이번에는 차분하게 모친을 설득하기로 마음먹은 주경수는 조정에서 하는 일에 참여하는 것이라며 불가피성을 피력했다.

"그래도 네가 가지 않으면 그만 아니냐? 왜 굳이 그곳에 자원을 해서 나가?"

그러나 어머니는 고집불통이었다. 어머니가 소식을 듣고 와서 말리는 것을 보니, 아내가 그 사실을 집에다 찌른 모양이었다. 멀찍이서 불안한 눈빛으로 오가는 말에 귀를 기울이고 있는 아내의 모습을 보니 한숨이 절로 나왔다.

아내를 아끼는 마음이 한결같고, 어린 핏덩어리 같은 자식을 두고 바다로 나가는 것도 마음이 편치만은 않았다. 물론 늙어가는 부모가 걱정할 것을 생각해도 그랬다. 그러나 이번만큼은 절대 포기할 생각이 없었다.

"이번에는 아무도 갈 생각도 하지 않던 동북방의 해도를 그리는 일입니다. 추운 지역으로 올라가는지라 봄에 출항하여 겨울이 되기 전에 돌아올 것이니 너무 걱정하지 마십시오. 오래 나가 있지는 않습니다."

주경수는 간신히 어머니를 설득해 돌려보냈다. 아버지

에게는 직접 찾아가 바다로 나간다고 말씀을 드렸으나,
가타부타 대답이 없었다. 아마 자식을 걱정하는 마음이
절반, 자신의 젊을 시절을 떠올려 이해하는 마음이 절반
이었을 것이다.

주경수가 참여하는 해도 사업은 조정에서 왕명(王命)
에 따라 시행되는 일이었다. 세자 또한 깊게 관여하고 있
다고 들었으며, 갈라전의 동북쪽, 일본의 북쪽의 바다와
뭍에 대한 정보가 없고, 해도도 정확하지 않다는 이유로
정밀하고 자세한 지도를 제작하는 것이 목적이라고 했다.

5년에 걸쳐서 매년 봄에서 늦가을까지 연간 열 척의
배가 함대를 꾸려서 출항하게 될 것이고, 총지휘는 현역
해군 참장(參將)인 정수(鄭修)가 맡게 될 것이라고 했다.

정수는 종친의 일원으로 영의정까지 올랐다가 은퇴하
여 그 당시에는 거제에 받은 식읍(食邑)에서 소일하고
있던 정명해의 둘째 아들이었다. 아버지를 꼭 빼닮은 정
수는 해군에서 무훈을 쌓아온 사람이었고, 때문에 그 이
름을 주경수도 익히 알고 있었다.

주경수는 선단에 참여하는 배 가운데 하나의 선장을
맡으며, 작도(作圖)를 감독하는 일이었다. 수심을 측량

하고, 거리를 재고, 위도를 계산하는 것을 전담하는 인력도 대동하게 될 것이었다.

이 항해의 목적에는 정확한 경도 계산을 위한 실측(實測)의 목적도 있었는데, 지구가 구형이라 전제를 하고, 위도가 높아질 때에 경도 간의 거리가 좁아진다는 것을 실측 자료를 통해 보이는 것이 첫 항해의 관건이었다.

그 외에도 탐사 지역에 대해서 해도뿐만 아니라 가까운 내륙의 지도 및 광범위한 정보를 수집시키기 위한 목적으로 인류학자, 언어학자, 지리학자가 각 2인씩이 함대에 동승하게 되었다.

이렇게 꾸려진 함대의 총인원은 물경 팔백육십 명에 달하였고, 국가적 사업의 일환이다 보니 투여되는 예산도 적지 않았다. 그러나 지엄한 왕명을 받들어서 행하는 일이니, 국내에서는 이를 반대할 사람이 거의 없었다.

"너희는 이제 명을 받들어 북해의 섬들로 나아가서 그 지세와 그 땅의 백성과 모든 토산(土産)을 낱낱이 기록하고, 바다의 작은 암초와 물과 바람의 흐름까지 재 지도에 옮기고, 배를 댈 만한 곳과 식수를 공급 받을 곳, 그리고 거래를 할 곳까지 찾아서 훗날 다시 그 바다를 향하는 자들이 위난 없이 안전한 항해를 할 수 있도록 해야 할 것이다. 명한 바를 잘 수행한다면 마땅한 보상이 있을 것이요, 혹여 태만과 무지, 혹은 기망(欺罔)으로 일을 그르친다면 그에 따른 처분이 있을 것이다. 스스로 경계하는 마음을 갖고 바다로 나아가거든 하루하루 조심하여 차분하게 일을 진행하여라."

함대가 출항하는 때에 늙은 왕이 직접 몸을 이끌고 나아와서 술과 고기를 내리고 직접 치하하며 격려를 했다. 주경수는 그때 대왕(大王)과 세자의 존안을 처음으로 볼 수 있었는데, 보령이 팔순에 이르렀다는 대왕의 모습은 겨우 환갑을 넘긴 것으로밖에 보이지 않고, 이미 나이가 당시에 쉰을 넘겼다는 세자도 나이에 비해서는 젊어 보였다.

이미 이때에 주경수가 듣기로도 세자는 대왕 전하와 이미 국사를 나누어 통치할 정도로 경륜이 있는 군주로 정평이 나 있었고, 이 해도 사업 또한 세자 저하께서 기획하고 주관했다는 이야기도 들은바 있었다.

정민은 왕가(王家)의 사람들을 감히 두 눈을 똑바로 치켜뜨고 바라볼 수는 없었으나, 면류관에 드리워진 옥

구슬 너머로 비치는 그 용안이 범상치 않다고는 생각했다.

"이 항해 또한 하나의 군정(軍政)과도 같으니, 출정하는 장수의 예에 준하여 과인이 함대장에게 부월을 내릴 것이다."

대왕의 목소리는 힘이 있고 단단했다. 몇 년 사이에 그의 왕비들이 줄줄이 세상을 떠서 근심하고 시름하여 자주 보국사에 공양을 올리러 드나든다는 풍문을 통해 기대할 법한, 노쇠하고 세상사에 넌덜머리가 난 모습은 보이지 않았다.

오히려 주경수는 그 대왕께서 직접 평생을 쌓아 온 위업들에 경도되었을 뿐 아니라, 그 나이에도 사람을 휘어잡는 위엄이 여전하다는 것에 깜짝 놀랐다.

정수가 직접 나아가 부월을 받드는 동안 임금이 했던 말이 주경수의 귀에는 똑똑히 들렸고, 그것이 어쩐지 뇌리에서 지금도 잊혀지지 않는 것이다.

"너의 부친은 나를 도와 일찍이 여러 전장을 옮겨 다니며 공적을 세웠고, 오늘날 늙어서 자기 장원(莊園)으로 내려갈 때까지 문무 양측에서 나라에 지대한 공훈을 세웠다. 그리고 이제 너 또한 대를 이어 과인과 나라를 위해 충절을 다할 마음으로 이 부월을 받들었을 것이다. 바다를 전장 삼아서 파도를 적군의 노도와 같은 기세로 여기고, 해안과 해안, 섬과 섬 사이 모든 뭍과 물을 정복해야 할 적의 성새와 같이 보고 지도를 넓혀가야 할 것이다. 이것이 전장에서 활로 적의 심장을 노리고, 검으로 기세를 제압하는 장수의 역할만큼이나 중요한 것이다. 부디 이를 유념하라."

나이가 쉰 언저리나 된, 참장이라는 높은 계급의 지휘관이 긴장하여 떠는 모습이 보일 정도로 만드는 대왕의 위엄도 놀라웠으나, 그보다 대왕의 말에 담긴 내용 때문에 주경수는 몸이 떨려왔다.

'해안과 해안, 섬과 섬 사이의 모든 물과 뭍이 정복해야 할 적의 성새와 같이.'

그 말이 어쩐지 주경수는 감격스러웠다. 그는 어떤 이유로 대왕이 건국의 대업을 이룩하고 천하에서 가장 부유한 나라를 일구어냈는지를 이제 알 수 있을 것 같았다. 모든 부딪히는 적과 전혀 호의적이지 않은 사건들의 틈바구니 속에서도 임금은 세상을 경략(經略)해야 할 대상으로 보아왔던 것이다.

임금의 자신감은 세상의 모든 것이 지배할 수 없을지
언정 이해할 수 있다는 확신에서 나오는 것이었고, 그것
은 지도를 그리고자 나가는 항해에서조차 군대와 같은
엄격함과 직업윤리를 가지고 임해야만 할 것이라는 암묵
적 압박이기도 했다.

그렇게 대왕의 독려를 받고서 제1차 함대는 북쪽으로
떠났다. 동해의 한복판을 가로질러 항해해 올라가서 우
릉도에 기항하여 그곳에 설치된 장산국의 진채에서 보급
을 추가적으로 받고, 다시 갈라전으로 향하였다.

갈라전의 동북쪽 해안을 거슬러 올라가며 동쪽으로 방
향을 틀어 일본국(日本國)과 그 북쪽에 있는 섬 사이의
해협(海峽)까지는 이미 자세한 해도가 올라와 있었다.

본주(本州, 혼슈) 큰 섬의 북쪽 끄트머리는 일본국의
경계였고, 그곳에서 다시 북쪽에 서로 해안을 맞대고 하
이지(蝦夷地, 에조치)라고 불리는 땅이 있었다. 장산국
의 지도에는 이 섬의 서쪽과 남쪽 해안은 꽤나 자세히 그
려져 있었고, 하이도(蝦夷島)라는 이름이 붙어 있었다.

그와 함께 지도에는 주석으로 '일본에서는 에미시[毛

시]라는 오랑캐들이 거주한다고 하여 「에조치」라고 이름
을 붙여 부르며, 이 에미시들은 이 땅을 「모시리」라고
부른다' 고 쓰여 있었다. 더불어 '거의 섬인 것이 확실해
보이나 에미시들의 증언에 의존한 것이므로 확인이 필요
하' 다고 덧붙여져 있었다.

이 섬의 동쪽 끝에서 함대는 잠시 갈라져서 다섯 척의
배는 이 섬의 서북쪽 해안을 따라가고, 나머지 다섯 척은
동쪽 끝에서부터 북동쪽으로 늘어서 있는 섬들을 따라
올라가기로 한 다음에 갈라졌다.

주경수가 속한 분대(分隊)는 동북쪽으로 늘어선 섬들
과 주변 해역을 조사하도록 명령 받은 함대였다. 주경수
는 왕립대학에서 지리학을 전공하여 학위를 취득한 비슷
한 연배의 지리학자 이굉(李浤)과 친해졌다.

이굉의 조부는 송나라 상인이었고, 장산국과의 무역에
뛰어들었다가 아예 나중에는 귀부하여 장산국에 눌러앉
았다고 했다. 주경수는 입학하자마자 그만두기는 했지만
왕립대학 지리학과에 합격했기에 이를 인연 삼아 이굉과
큰 친분을 쌓을 수 있었고, 서로 의기투합하여 지도를 그
리는 일에 열심을 다했다.

왕립대학의 학위는 일반 졸업생에게 주는 학사(學士)와 그다음에 2년에서 3년간의 수학을 더 하여 논문을 펴낸 이들에게 주는 석사(碩士), 그리고 교수좌 시험에 합격하고 책 한 권에 해당하는 연구를 집필하여 심사를 통과한 이들에게 주는 박사(博士)가 있었다.

대개 박사 학위자는 학위의 취득만으로도 평생 정5품 관직에 해당하는 대우를 받았으며, 이제껏 고작 배출된 이가 모든 전공을 통틀어서 3백 명 남짓에 불과했다.

그들 가운데 대부분이 왕립대학의 교수 좌에 앉아서 학문을 연구하며 학생들을 가르치고 있었다. 이굉은 박사 학위는 아직 엄두도 내지 못하고 있었고, 다만 석사의 학위를 얻은 정도였으나, 이만해도 준재라고 해도 과언이 아니었다.

3월 말에 함대가 갈라져서 해도를 그리기 시작해서 천천히 상세하게 섬마다 식생을 조사하고, 거주자가 있는지 없는지, 또 그들의 대략적인 문화와 언어가 어떠한지 인류학자들과 언어학자들이 간략하게나마 조사하느라, 그 열도(列島)가 끝나서 다시 거대한 뭍이 나타날 때쯤에는 스물네다섯 개의 섬을 조사하는 데 5개월 가까이를 소모한 뒤였다.

그래도 그 열도의 끝에 서 있는 마지막 섬에서 본 것은 그야말로 장관이었다. 안개가 자욱한 바다의 수평선 위에 높은 산 같은 섬이 하나 떠올라 있는데, 그 섬 꼭대기에서 거대한 불이 내뿜어지면서 천둥 같은 소리를 터트리고 있었다.

주경수는 태어나서 화산이라는 것을 처음 보았다. 그러한 것들이 있다는 것은 알고 있었지만, 바다 위에 외로이 우뚝 선 섬 전체가 화산으로 땅과 바다를 흔들며 약동(躍動)하고 있는 모습은 그야말로 장관이었던 것이다.

주경수뿐만 아니라 대부분의 탐험대원들도 마찬가지 기분으로 넋을 빼놓고 그 장관을 하염없이 지켜만 보고 있었다. 단지 이굉만이 세필(細筆)로 그 광경을 그림으로 베끼기에 여념이 없을 뿐이었다.

그 자리에서 열도가 끝나고, 그 뒤로는 다시 거대하고 울창한 숲이 이어지는 육지가 있는 것을 확인했기에, 이제 함대는 다시 약속한 대로 다른 분대와 합류하기 위해 남서쪽으로 바쁘게 항로를 돌렸다.

이제 곧 가을이 끝나갈 터이고, 이 북쪽의 바다는 얼

어붙고야 말 것이었다. 벌써 멀리서부터 유빙(流氷)이라는 것이 바다 위를 떠다니는 것이 멀찍이 관측되고 있었다. 저런 것에 배가 잘못 좌초라도 한다면 다시는 고국의 땅을 밟지도 못하게 될 것이 분명했다.

다행히 화산섬에 잘못 발을 디뎠다가 낙석을 맞고 죽은 두 명의 선원을 제외하고는 인명 손실 없이 주경수의 분견대는 돌아왔고, 정수 참장이 이끄는 분견대는 금나라의 동쪽 바다 끝에서 시작되는 섬 하나가 하이도 북쪽 끝에서 끝난다는 것을 확인하고 일대의 해도를 그리는 데 성공해서 돌아왔다.

다만, 이 섬에서 골외(骨嵬)라 알려진 종족과 크게 충돌하여 스무 명 남짓한 인명의 손실을 보았다. 이 섬에는 이 때문에 골외도(骨嵬島, 現 사할린 섬)라는 이름이 붙게 되었다. 골외라 불리는 이들은 하이도의 에미시들과 매우 유사한 풍습과 언어를 갖고 있었고, 때문에 이들이 매우 가까운 관계라는 것이 짐작이 가능했다.

다만, 그 호전성에 있어서는 골외가 더욱 두드러졌는데, 거의 일체의 교섭을 거부할 정도였던 것이다.

어찌 되었든 비교적 성공리에 목적을 달성한 함대는

11월에는 다시 동성부로 돌아왔고, 성공을 기념하여 대왕으로부터의 포상이 내려졌다. 주경수가 받은 것만 하더라도 160원이나 되었으니, 동성부 외곽에 집을 장만하고도 남을 돈이었다.

주경수는 돈이 그리 아쉬운 것은 아니었기에 이 돈을 자라나고 있는 주진혁의 학비 삼아 은행에 묻어두고서 이듬해의 2차 항해에도 참가할 수 있기만을 학수고대했다.

다행히 별 어려움 없이 선발이 되었고, 이번 항해의 목적은 골외도와 주진혁이 탐사했던 열도 사이의 넓은 바다와 그 북쪽 경계를 탐사하는 것이 되었다.

이번의 항해는 매우 조심스러웠는데, 더 북쪽으로 올라가는 것이니 겨울이 길고 항해할 수 있는 시일이 짧기 때문이었다. 일종의 왕립학회인 한림원(翰林院)에서는 보고된 해도와 보고서를 바탕으로 새롭게 나타난 지역에 일일이 지명을 붙이고 있었다.

주진혁이 탐사했던 열도에는 북양열도(北洋列島)라는 이름이 붙었다. 이번에는 이 북양열도의 한 섬인 예양도(銳良島, 現 쿠릴열도 파라무시르 섬)에 함대의 기착지를 아예 마련해 놓고 개별 선박을 보내가며 바다의 경계를 탐사하는 전략을 사용했다.

주진혁도 한 척의 배를 끌고 무작정 북쪽으로 향하며 섬이 있는지를 찾았고, 그사이에 한 번 좌초할 위기를 겪기도 하였으나, 다행히 많이 올라가지 않아서 육지와 맞닿을 수 있었다.

여기에서 위도를 기록하고 동쪽으로 항해하다가 이내 동쪽 방향에서 올라오는 다른 배와 마주친 다음에 서로 지도를 취합하여 경도를 계산하여 보고 다시 예양도로 돌아오는 식으로 반복적인 작업이 이루어졌다.

지루한 작업이었으나 결과적으로 그해의 하절기 동안에도 많은 작업이 완료될 수 있었다. 겨울철에는 동성부로 돌아가지 않고 아예 예양도에서 보급을 받아온 다음 겨울을 나고, 봄이 되자마자 바로 탐사를 재개하였다. 이렇게 2년에 걸친 작업 끝에 북해(北海, 現 오호츠크 해)의 윤곽을 모두 그릴 수 있었다.

"대단한 공로를 쌓았다. 모든 대원에게 각기 백 원의 포상을 희사하고 해도를 그리고 보고서를 쓰는 데 참여한 학자와 군인, 그리고 선장들에게 한림원(翰林院)의 한림학사(翰林學士) 지위를 제수하노라."

한림학사는 일종의 왕립학회인 한림원의 회원 자격이었다. 그냥 회원 자격인 것이 아니라 매년 나라로부터 녹봉이 나오는, 그런 자리였다. 대개는 박사 학위를 소지하고 왕립대학에서 오랜 기간 연구를 한 교수들이 이 한림원에서 회원 자격을 얻게 되는데, 이번에는 학사 학위조차 없는 주경수를 포함해 무려 열일곱 명이나 한 번에 이 항해로 한림학사에 제수 받았으니 말이 여기저기서 나오기도 했다.

그러거나 말거나 이것은 대단한 영광이었다. 주경수 자신도 이를 계기로 북방에서 관찰한 식생의 특성에 대해서 논문을 썼는데, 추운 지역으로 갈수록 잎의 넓이가 점점 좁아져 예리하게 바늘과 같이 된 식물만이 나타난다는 것을 위도에 따라 채집한 표본으로 예증한 것이었다.

따로 식생(植生)을 연구하는 분과가 없는지라 지리학회에서 이를 일단 발표하였는데 생각보다 호응이 괜찮았고, 각 분과에 퍼져서 육종(育種), 식물, 동물 따위에 관심이 있던 학자들과 모일 기회도 얻게 되었다.

물론 주경수의 주 관심사는 식물보다는 항해와 탐사, 그 자체에 있고, 때문에 바로 3차 항해에도 자원을 하였다. 애당초 5년 계획으로 잡혀 있었으니, 2년을 기약하고 출항하는 이번 항해가 마지막 탐사였다.

마지막 탐사의 목적은 북해(北海, 現 오호츠크 해)의 동쪽 끝, 북양열도(現 쿠릴열도)와 그 끝에 마주한 불산곶(火山串, 現 캄차카반도 남단)의 동쪽 해역을 탐사하는 것이었다.

이제까지의 탐사 중에서 가장 위험하고 어려운 항해가 될 것이 자명했고, 북쪽의 험한 외양(外洋)으로 나가는 것이다 보니 연간 탐사할 수 있는 기간도 가장 짧을 것이 예상되고도 남았다.

기존의 두 번의 탐사에 걸쳐서 가장 경험이 많고 실력이 검증된 이들을 위주로 편성하고, 대신의 실질적인 탐사의 예봉(銳鋒)이 될 함선의 규모는 세 척에 인원은 120명 정도로 줄여서 효율적인 운용에 중점을 두었다.

대신에 본국의 지원을 받아 예양도에는 겨울을 나기 위한 충분한 물자와 지원이 쌓였고, 한겨울 두 달을 제외하고는 매 보름마다 본국에서 이 예양도를 오가며 필요한 인력을 수송하고 환자를 실어 나르는 등의 최대한의 지원을 약속하였다.

예양도로부터 다시 탐험이 시작되었고, 이번에는 주경수가 총지휘를 맡게 되었다. 그로서는 부담이 앞서기보다도 이러한 책임을 맡게 된 것이 그저 흥분되기 그지없는 일이었다.

어떠한 장산국 사람, 어떠한 송나라 사람, 어떠한 고려인도 닿지 못했을 세상 바깥의 아주 외로운 땅들에 자신이 가장 처음으로 발을 딛는 일을 지휘한다는 것 자체가 그에게는 경이로운 것이었기 때문이다.

주경수의 지휘하에 1216년 3월 26일, 예양도의 전진기지를 출발한 세 척의 배는 불산곶으로 부터 동북쪽으로 펼쳐진 해안가를 조심스레 2개월간 움직이며 해도를 그리고 다가가다가 멀리 동쪽으로 섬이 떠 있다는 것을 확인하고서는 그리로 방향을 틀었다.

그 섬들을 측량하고 천리경으로 주변 해역을 살피니, 멀지 않은 곳에 다시 섬이 떠 있는 것이 보였고, 주변 해역의 수심들을 미루어보고 해류도 관찰해 봤을 때, 이러한 방식으로 열도(列島)가 이어져 있을 것이라는 추정이

섰다.

주경수는 그때 서쪽으로 다시 돌아가 거대한 육지의 해안을 따라 북쪽 끝까지 가볼 것인지, 아니면 정말로 열도가 이어져 있는지 확신할 수 없는 동쪽 바다로 나아가 봐야 할 것인지 기로에 섰다.

그의 육감은 후자를 택하라고 말했고, 그래서 과감하게 동쪽 바다로 섬들이 끝나는 데까지 나아가 보자는 말로 선원들을 독려했던 것이다.

단조로운 해안선이 계속되는 것은 안정감을 주지만, 북쪽으로 계속해서 올라가는 것이 두려웠던 선원들은 차라리 주경수의 지휘를 따랐다.

주경수의 예상은 들어맞았다. 섬들은 띄엄띄엄 바다 위에 서 있었지만, 계속해서 일련의 호선(弧線)을 그리며 이어지고 있었다. 그러나 지나친 욕심이 화를 불렀을까. 배 하나가 수심이 낮은 곳에서 좌초하여 쓸 수가 없게 되었고, 남은 선원들을 다른 두 척의 배에 나눠 실어야만 했다.

이때쯤 돌아갔어야 하는데 주경수는 자신을 따라온 이굉과 상의한 끝에 좀 더 나아가보기로 했다. 그러나 아직

10월인데도 이 해역에서는 벌써 유빙이 떠다녔고, 결국 돌아가기에는 너무 먼 길을 왔다는 판단하에 좀 커다란 섬에서 겨울을 나야만 했다.

그러나 겨울을 날 준비가 안 되어 있으니 처지는 혹독하기 짝이 없는 노릇이었다. 식량은 점차 바닥이 났고, 섬에 난방 연료로 쓸 수 있는 목재가 어느 정도 있다는 점이 그나마 위안이었다.

땅굴을 파고 나무를 태워가면서, 그리고 식량을 최소한도로 배분하면서 거의 반년에 가까운 겨울을 버텨야만 했다. 그 와중에 스무 명이 넘는 선원이 목숨을 잃었고, 주경수는 간신히 나머지 선원들과 함께 봄이 오자마자 섬을 벗어나서 다시 예양도를 향해 귀항로를 잡았다.

봄이 되자 섬에 상륙하여 사냥을 하는 것이 가능해졌고, 새, 곰, 물고기를 가릴 것 없이 잡아서 닥치는 대로 먹어가며 생존 욕구를 불태웠다. 다행히 많은 인명 손실 없이 예양도로 도착할 수 있었고, 여기서 공시적으로 탐사를 끝내기로 파견 나온 관리와 결정을 내린 뒤에 암묵적 동의하에 모험적 탐사에 참여하기로 동의한 고작 30명의 선원과 한 척의 배만을 가지고 겨울에 발목이 묶였던 섬에서 좀 더 동쪽으로 나아가보기로 했다.

그렇게 1217년 3월 20일에 다시 재출항한 주경수의 함선은 이미 잘 만들어진 해도를 따라 수월하게 5월 5일에는 겨우내 발목이 묶였던 섬에 도착하였고, 여기서 잠시 머무른 뒤에 다시 동쪽으로 향하여 일곱 개의 섬을 다시 지나친 다음에 열흘을 항해해 해안선이 이어지는 육지가 나타나는 것을 확인했다.

이곳이 아직 큰 섬인지, 계속되는 땅인지 확인할 방법이 없었으나, 활을 쓰고 말이 통하지 않는 야만인들이 가죽배를 끌고 와서 공격적인 행동을 취하기도 하고, 짧은 여름도 이제 거의 절반이 지나가고 있었으므로 돌아갈 시간을 계산해서 이곳까지만 해도에 집어넣고 걸음을 되돌렸다.

이때에도 주경수와 이굉, 그리고 그들의 선원들은 자신들이 아이슬란드 바이킹 이래로 최초로 신대륙에 도달한 구대륙 사람들인 줄은 꿈에도 알 수 없었다.

최종적으로 모든 탐사가 끝난 다음에 예양도로 돌아온 그들은 그때까지 남아 있던 대기 인원들과 함께 철수했고, 1217년 12월 8일에는 다시 동성부로 돌아와 모든 지도와 기록을 제출하여 보고했다.

"참으로 장한 일을 해내었다. 주경수에게 백작(伯爵)의 작위를 내리고 이를 장자에게 세습케 하며, 이굉에게는 남작(男爵)의 작위와 왕립대학 지리학과의 종신 교수직을 내리노라. 그 결과는 지도로 묶어서 출간하도록 하고, 앞으로도 대해를 넘어서 동쪽 땅을 탐험코자 하는 자에게는 지원을 아끼지 말도록 하여라."

주경수와 이굉은 자신들의 탐험이 대왕에게 그리도 치하를 받을 것이라고는 생각지도 못했다. 국초에 작위 제도가 폐지된 다음, 이 당시로부터 10년 전에야 봉지(封地) 없이 오등작만을 내리는 제도가 부활하였다.

이미 죽거나 살아 있는 공신들이나 작위를 받았고, 그 수는 겨우 20여 명에 불과했다. 그런데 자신들이 작위를 받고, 더불어 이굉은 박사 학위가 없음에도 왕립대학의 종신 교수가 되었던 것이다.

이러한 임금의 명에 사람들은 의아해하기는 했다. 물론 감히 대왕의 면전에서 이의를 제기할 만한 사람은 없었지만 말이다.

주경수로서는 알 도리가 없었으나, 그들의 탐사 결과

와 지도를 보고 받은 정민은 아마도 자신의 치세 동안에 신대륙으로 배를 닿게 한 일에 대하여 크게 속으로 감격했을 것이다. 때문에 그리도 기꺼워하며 그들에게 과하다 싶을 정도의 포상을 내렸던 것이다.

대왕은 심지어 이들을 직접 불러다가 연회를 열어주기까지 했다. 보령이 그해로 여든이 되셨다는 대왕의 앞으로 나가 치하를 듣고 베푸는 술까지 마시게 된 것은 그야말로 은혜로운 것인 동시에 매우 긴장이 되는 것이기도 했다. 더불어 세자까지 나오셔서 그들에게 치하를 하니 몸 둘 바를 모를 일이었다.

"여가 돌아가신 부왕의 세계(世系)에 입적하여 동래에 터를 잡은 지도 육십여 년, 나라를 세운지도 오십여 년이 흘렀다. 그동안 여는 증손(曾孫)까지 보았고, 나이는 팔순에 이르러 기력은 쇠하였다. 이제 뭇 바다로 나라의 배가 떠다니고, 백성들은 교육을 받아 글과 수를 다룰 줄 알게 되었으며, 천하의 모든 나라들이 우리의 부강함을 부러워하게 되었도다. 그러나 나라가 안정되니 국초에 넘쳐 났던, 위험을 무릅쓰지 않고 나아가는 기백이 다하여 가는가 걱정이 되었었다. 그러나 그대들은 험한 바다와 북방의 칼 같은 바람도 두려워하지 않고 새로운 땅을 찾아 수천 리의 바다를 수년에 걸쳐 돌아다니면서 그 불굴(不屈)함을 보여주었다. 여는 그것이 너무나 기쁘도다."

대왕의 목소리는 늙어 갈라지고, 얼굴에는 주름이 깊게 패었으나, 그 젊은 시절에도 대단했다던 풍채는 여전히 강건하고, 허리는 꼿꼿하게 서 있었다.

바다의 절경이 훤히 보이는 왕궁 누대(樓臺)에 앉아서 연회를 주재하는 그 모습은 그야말로 옛 전설에나 나올 법한 패왕의 모습이었다.

"성은이 망극하여이다, 전하."

주경수는 그 위엄에 눌려 그저 엎드려서 황공하게 절을 할 따름이었다.

"그대는 북방의 바다를 돌아다니기 전에도 해군에 있으면서 송과 남양에도 다녀왔다 들었다."

"예, 전하."

대왕의 하문에 주경수는 아주 공손한 자세로 대답을 했다.

"다른 나라들에서는 장산국에 대해 무어라 말하더냐?"

"감히 아뢰겠나이다, 전하. 우리나라의 배는 송선보다 두 배는 크고 갑절은 빠른 대선이 셀 수 없이 많으며, 선원들은 용맹하고 기량이 좋아 험한 바다와 먼 대양을 헤쳐 나가는 데에 천하의 어떤 뱃사람들도 감히 쫓아오지 못하옵나이다. 군선에 여섯 개의 돛을 펴고 남양으로 나아갈 때에 송나라 상인들이 따라붙어서 보호를 청하며 전하의 은덕을 함께 찬양하였사옵니다. 세상에서 가장 영명하고 부강하신 전하께옵서 직접 배들을 바다로 보내 해적을 토평하고 사해(四海)를 안정시키신 덕에 송나라 상인들마저도 바다에 나가면서 풍랑 외에는 아무런 걱정을 하지 않게 되었사오니, 이것이 바로 폐하의 공덕이옵고, 나라의 자랑이옵나이다. 우리나라의 기계로 짜낸 백면(白綿)은 하얗고 부드러워 다른 나라에서는 모두 장산국의 옷감으로 짜낸 옷을 즐겨 입으며, 비단은 같은 값의 은과 거래되고 있사옵니다. 도기와 자기 모두가 남양의 작은 섬까지 팔려 나가고, 대식국과 파사국의 상인들은 장산국에 도달하여 큰 거래를 하는 것을 평생의 꿈으로 삼고 있사옵니다. 모든 우리 상인과 외국 상인들이 유구와 남해도, 그리고 탐라의 섬 끝마다 서 있는 등대에 의

지하여 항해를 하며, 장산국에서 찍어낸 은화와 금화가 두루 통용되어 우리 상인들은 외국으로 나갈 때에 따로 다른 돈을 지참할 필요가 없사옵니다. 금나라 등주, 송나라 임안과 천주, 그리고 일본, 교지, 남월, 그리고 진랍의 큰 항구들에서는 누구나 장산국의 말을 배우고자 하며, 장산국 말로 교통하는 데에 지장이 없사옵니다. 전하, 감히 엎드려 아뢰옵건대, 귀에 달게 들리는 아첨을 하고자 함이 아니라, 천하에 전하의 위명이 널리 알려져 있사오며, 어떤 나라의 이름 없는 백성들조차도 전하의 치세를 부러워하고 있사옵니다. 장산국의 신민 된 몸으로 어찌 다른 곳이 아닌 장산국에 태어난 것만 한 복이 있겠나이까."

"귀에 달게 들리나 경계할 말이로구나. 세자는 들으라. 칭송하는 목소리가 가장 드높을 때가 가장 주의를 기울여야 할 때이다. 두 배, 세 배의 노력을 다 해야만 더욱 앞으로 나아갈 것이요, 안도를 하면 그 자리에 주저앉아 퇴보만을 하게 될 것이다. 늘 경계 삼아 스스로 만족하는 마음을 갖지 말고 채찍질을 더욱 해야 할 것이다."

"예, 아바마마."

세자도 중년이 훌쩍 넘은 나이였다. 국내에서 세자의 업적으로 거론되는 것만 하더라도 법전의 편찬, 세제의 개혁, 철포의 도입과 개량, 음율(音律)에 대한 연구 등 등 수도 없이 많았다. 그럼에도 세자는 아버지인 대왕 정민 앞에서는 스승의 말에 귀를 기울이는 학생처럼 행동하고 있었다.

주경수는 그것이 놀랍기도 하고, 앞으로도 나라가 튼튼할 것이라는 확신이 들기도 했다. 이 나라는 참으로 그 왕가를 모시게 되어 다행인 일이었다.

"아이고, 백작이라니, 백작이라니! 우리 집안이 그런 자리까지 가게 되었단 말이냐."

주경수가 작위를 받고 문안 인사를 드리러 갔을 때, 아버지는 그 자리에서 엎어져서 눈물을 흘렸다. 신분으로 따로 핍박 받은 적은 없으나, 그 집안이 본래 어부 일을 하던 집안으로 장산국이 세워지지 않았더라면 평생 이러한 호사와는 연이 멀게 바다에서 고생하다 죽을 운명이었다.

그런데 세상이 바뀌고 시대가 흘러서 이제는 자식이

공경(公卿)의 반열에 오르게 되었으니, 그 아비로서는 참으로 눈물이 절로 나오는 일이 아닐 수 없었다.

"네 할아버지께서도 저승에서 참으로 기뻐하실 것이다. 내 할아버지, 그러니 네 증조부 때에 우리는 성도 없는, 그저 한낱 고기잡이였으며, 고조부대보다 위로는 그 존함조차 알지 못한다. 그래서 이제껏 우리는 제사에 쓸 위패가 오로지 너의 할아버지와 증조부뿐이었던 것이다. 그런데 이제 네가 백작이 되어 사당에 모셔져 삼대에 이름의 오르게 되었으니, 이 무슨 감격스러운 일이냐. 고맙다, 고마워. 내 늘 너를 믿지 못한 것이 자책스럽고 미안하기 그지없다."

아버지는 그를 얼싸안고 펑펑 울었다. 남부럽지 않은 재부를 쌓은 상인이지만, 이러한 명예로운 신분에까지 올라가게 되는 것은 꿈꾸지 않았다. 물론 신분이 크게 중요하지 않은 장산국이라지만, 그래도 나라에서 인정한 명가(名家)에 들게 된다는 것이 얼마나 경사스러운 일인지는 두말할 필요가 없을 것이었다.

그 뒤로 몇 년간 주경수는 다시 바다에 나가지는 않았다. 커가는 아들을 직접 가르치는 것에도 재미가 붙었거니와, 그사이 둘째 아들도 세상에 나와 그 핑계로 몇 년을 뭍에 머물렀던 것이다.

그동안 많은 배들이 북쪽을 향해 떠나가기 시작했고, 모피를 직접 구하거나 거래하기 위한 거류지 및 무역소들도 몇몇 개 세워졌다고 했다.

동료 이굉은 왕립대학의 종신 교수직을 받은 다음에 뒤늦게 박사 학위를 받기 위한 논문을 쓰기 시작했고, 그것은 『북동양해륙도지(北東洋海陸圖誌)』라는 이름의 책으로 묶여 나왔다.

말 그대로 일본 북쪽부터, 동쪽 끝으로 알려진 영역까지 이굉 그 자신이 직접 참여하고 그 뒤로 그 지역에 대해 이루어진 발견들을 모두 정리한 지리서였다.

당장 돈이 되지는 않는다고 하더라도 이 지역으로 나아가는 항해를 늘 왕실에서 적극적으로 후원하였기에 탐험을 떠나는 자들이 적지는 않았다.

그 가운데에 가장 성공적이었던 것은 1219년에서 1221년의 3년에 걸친 김취려(金就礪)의 탐험이었다. 그는 정승을 지낸 뒤 십여 년 전에 타계한 김부 후작의 아들이며, 육군과 해군사관학교 모두를 졸업하고, 양 군

에 걸쳐서 경력을 쌓은 특이한 이력으로 유명한 사람이
었다.

육군사관학교를 먼저 졸업하여 육군 정위까지 오른 다
음에, 예편하고 다시 해군에 들어가 해군사관학교를 졸
업하고 부령(副領)까지 오른 사람이었다.

그런 사람이 직접 자기 돈을 들여 열 척의 배를 꾸리
고 주경수와 이굉이 다다랐던 곳에서 더 나아갈 것을 작
정하고 출항했던 것이다.

첫해에는 돌아오지 않아 다들 김취려가 조난을 당했을
것이라고 우려했고, 두 해째에도 오지 않을 때에는 김취
려의 집안에서 가짜 장례라도 지내야 하는 것인지 논의
가 오갈 정도였다.

그러나 세 해째에 그는 마치 바다에서 올라온 귀신처
럼 갑작스럽게 귀환했으며, 그가 전해 온 이야기는 놀랍
기 그지없는 것이었다. 끊임없이 전투를 하며 주변 부족
을 사로잡아 돌과 흙으로 쌓아 올린 제단 위에서 산 채로
심장을 도려내 귀신에게 바치는 나라에 대한 이야기는
좀체 믿기가 어려운 것이었으나, 그곳에서 데리고 온 구
릿빛 피부의 사람들과 낯선 물건들을 보면서 사람들은

납득하지 않을 수 없던 것이다.

　이러한 김취려의 항해의 성공은 주경수의 마음에도 다시 불을 붙이기에 충분한 것이었다. 그 무렵에 들어서 왕립대학을 중심으로 땅이 공 모양으로 되어 있으며, 지구는 태양을 중심으로 돈다는 학설이 진지하게 검토되고 있었다.

　학자들은 꽤나 정확할 정도로 지구의 둘레와 달, 그리고 태양까지의 거리를 계산하고 있다고 확신했다. 그 말이 옳다면 서쪽으로 계속 나아가게 되면 다시 지구를 한 바퀴 돌아 동쪽으로 돌아올 수 있다는 말이나 다름없었다.

　대식국까지의 항로는 잘 알려져 있었고, 그 너머 불름국(佛菻國, 동로마)과 태서(泰西, 유럽)의 존재도 이미 장산국에서는 상식에 가까운 이야기였다. 그러나 대식국과 불름국 사이는 육로로 막혀 있어 바다로 지나갈 수 없고, 때문에 커다란 뭍을 돌아서야만 태서나 불름국에 다다를 수 있다고 했다.

　주경수는 먼저 이 대륙을 돌아서 태서에 다다른 다음에, 그곳에서 다시 서쪽으로 향하는 항해를 하기로 마음

먹었다. 그러나 그 준비는 좀체 쉽지 않았고, 배를 마련하고 왕실의 후원을 약속 받았음에도 그러한 위험한 항해에 감히 자원하려는 선원들이 없었기에 선단을 꾸리는 것이 난항이었다.

그렇게 시간이 지나가서 올해인 정해년(丁亥年, 1227년)까지 이르게 된 것이었다. 그사이 대식국 출신의 항해자를 고용하여 탐사에 나섰던 안구율(安具律)이라는 자가 세 차례의 실패에도 불구하고 아예 천축에 근거지를 마련하고 계속 시도하여 종래에는 바다를 통해 태서의 후랑기스단이라는 나라에 도달했다고 했다.

그는 그곳에서 피부가 매우 하얗고 머리가 갈색인 경교 사제 둘을 데리고 동성부로 귀항해 왔다. 태서에 처음 도달하는 것에 실패한 것은 뼈아픈 일이나, 어떤 면에서는 잘된 일이었다. 안구율이 확보한 해도를 통해서 보다 안전하게 훨씬 서쪽까지 다다르게 될 수 있게 된 것이었다.

그러나 그사이 또 하나의 가슴 아픈 일이 일어나고야 말았다.

나이가 아흔에 이르러 지난 삼여 년간, 사실상 국사를

세자에게 넘기고 모습을 드러내지 않던 대왕께서 붕어하셨다는 소식이 들려온 것이었다.

장산국 건국 이래 무려 육십 년을 통치한 임금이시었다. 사람들은 믿어지지 않는 소식에 거리로 나와 주저앉아서 명한 소리로 곡을 할 뿐이었다. 여기에는 남녀노소가 따로 없었고, 신분의 고하도 따로 없었다.

모든 학교가 휴교하고, 관청은 문을 닫았다. 인산 때에는 고려, 일본, 송, 금, 교지, 진랍의 사절들이 앞 다투어 찾아와 조문을 표했다.

비록 왕(王)에 불과하였으나, 어느 나라의 황제도 이제는 세자에게 장산국왕에 등극할 때에 책봉을 내리겠노라는 말을 하지 못했다. 그것이 대왕의 통치 육십 년 동안 바뀐 장산국의 지위를 말없이 강변하는 것이었다.

국왕의 붕어 소식이 가장 빠른 배편들을 통해서 열흘이 지나기 전에 근린 국가의 도읍들에 전해졌고, 다시 바로 사절들이 실려와 붕어로부터 한 달이 지나가기 전에 모두 인산을 위해 장산국에 들어왔으니, 그야말로 대단한 일이었다.

금나라 사신의 경우는 책봉은커녕 대왕의 장례에서 부득불 병력을 파병해 달라 간청할 정도로 안색이 굳어서 안절부절못하였다. 북방에서 몽골이라 불리는 부락이 크게 발흥하여 초원을 통일하고 서하(西夏)를 공격해 거의 무너뜨렸으며, 이제는 금나라를 침공하여 여러 주현들을 점령했다고 하는 것이다. 간곡하게 사정하는 그 모습이 자못 안타까울 정도였다.

이런저런 소식과 소동에도 불구하고, 대왕의 장례는 매우 성대하게 마무리되었다. 아예 황제국만 올리는 묘호(廟號)가 태조(太祖)로 바쳐졌으며, 열여섯 자나 되는 긴 시호도 올려 바쳐졌다. 능은 평소의 유언대로 바다가 훤히 내려다보이는 태종대에 모셔졌으며, 이 태종대는 건릉(乾陵)이라는 능역으로 선포되었다.

대왕의 죽음에 주경수는 며칠을 앓을 정도로 기력을 잃었다. 그냥 한 시대의 임금이 세상을 뜬 것이 아니었다. 장산국의 백성들은 모두 그가 어떤 위대한 업적들을 이룩했는지를 잘 알고 있었다.

그들이 누리고 있는 모든 삶이 세상 어느 나라와 견주어보아도 부족함이 없다는 것도 잘 알고 있었다. 그러한 만큼 모두가 한마음으로 대왕의 죽음을 슬퍼하고 안타까워했던 것이다.

그래도 그러한 국상(國喪)의 슬픔은 몇 달이 지나가면서 점차 가라앉았다. 세자께서 새로이 옥좌에 오르셨고, 이미 삼십여 년이 넘도록 선왕의 곁에서 통치를 보좌했던 그였기에 장산국은 크게 달라지는 것 없이 빠르게 안정이 되었다.

선왕의 죽음에 사람들은 마음이 많이 놀랐지만, 몇 달 뒤에는 선왕의 부재가 느껴지지 않을 정도로 생활은 차분하게, 늘 그랬던 것처럼 유지되었던 것이다.

왕실에서 주경수에게 후원해 주기로 했던 탐험도 마찬가지였다. 선왕께서 직접 약속하셨던 것이지만, 새로운 임금께서도 그 약조를 저버리지 않았다.

"선원들이 잘 모이지 않는다면 임금을 두 배로 약속하라. 여가 그만큼 백작을 믿고 더 큰 지원을 할 것이니, 걱정하지 말고 항해를 나갈 준비를 하라."

새 임금의 약속에 힘입어 주경수는 빠르게 남은 항해 준비를 마쳐 나갔다. 과연 높은 임금과 절반의 선불금을 약속하니 숙련된 선원들이 빠르게 모집되었고, 총 열두

척으로 이루어진 선단이 출항 준비를 마치기까지 석 달이 걸리지 않았다.

"태조 대왕께옵서는 살아 계실 때 그대의 항해가 성공리에 끝나는 것을 보고 난 후에 죽고 싶다고 늘 말씀을 하시었다. 비록 그렇게 되지는 못하였으나, 부디 성공하여 우리 대학의 학자들이 옳은 주장을 하였음을, 그리고 선왕 전하의 기대가 헛되지 않았음을 증명하고 오라. 그대가 돌아오면 건릉에 그 해도와 그대가 사용한 나침반을 바쳐 선왕 전하의 넋을 위로할 것이다."

출항을 앞두고 임금은 주경수에게 단단히 당부하였다. 주경수는 감읍하여 무릎을 꿇고 반드시 목적을 이룰 것임을 단단히 다짐하였다.

그렇게 1227년 12월 5일, 주경수의 선단은 남쪽을 향해 돛을 펼쳤다.

1228년 1월 6일, 서하(西夏)가 몽골의 테무친이 이끄는 군대에 멸망하였다.

1228년 3월 15일, 주경수의 선단은 큰 손실 없이 프랑스에 도착하였고, 그곳에서 아일랜드를 거쳐 아이슬란드까지 올라갔다.

1228년 5월, 칭기스칸 테무친의 죽음이 알려졌으나, 그 정벌자의 죽음에도 불구하고 그 군대의 진격은 멈춰지지 않았다.

1228년 7월 10일, 신대륙의 동쪽 해안을 따라 남하한 주경수의 선단은 김취려의 함대가 서쪽 바다로부터 조우하였던 그 문명을 동쪽에서 도달하였음을 확신했다. 최대한 충돌을 피하고, 해안 지역에서 간소한 교역만을 행한 다음, 서쪽 바다로 이어지는 항로를 찾아 남쪽으로 항해를 계속하였다.

1228년 12월 5일, 대륙의 남쪽 끝에 다다랐으나, 사분의 일에 달하는 선원이 그간 목숨을 잃고, 두 척의 배가 손실되었다.

1229년 1월 7일, 금나라가 와해되는 와중에 거란 유민들이 세운 대요국(大遼國)이 몽골 기병에 의해 무너지고, 남하한 몽골 군대는 고려에게 칭신(稱臣)과 조공을 요구하였으나, 고려 황제는 거부하였다.

1229년 5월 2일, 장산국에도 몽골 사신이 들어왔으나, 그들이 요구하는 일체의 것을 장산국에서는 받아들이지 않았다.

1229년 7월 18일, 삼 년여의 항해 끝에 주경수가 동산부에 회항해 왔다. 다음 날, 몽골 군대가 압록강을 넘어 고려를 공격해 들어왔고, 10여 년에 걸친 전쟁이 시작되었다.

1234년 10월, 개봉(開封)에서 산동에 이르는 좁은 지역만이 금나라의 영역으로 남았고, 금 황제 완안수서(完顔守緖)는 몽골에 항복하여 제왕(濟王)으로 격하되고 산동 일대의 영유만을 허락 받았다.

1235년 1월, 고려와 장산국 연합군이 평양에서 오고타이의 군대를 대파(大破).

1240년 3월, 몽골, 고려, 장산국 사이의 화약(和約). 서로의 국경을 인정하고 서로 공격하거나 해가 되지 않을 것을 약속.

1240년 5월, 장산국 사신이 남송 임안에 들어가 몽골을 경계할 것을 경고.

1241년 4월, 장산국 2대 국왕 영종(英宗) 승하. 3대 국왕으로 세자 정영(鄭煐) 즉위.

1242년 6월, 주경수 졸(拙).

〈『왕조의 아침』 完〉

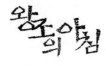

1판 1쇄 찍음 2016년 3월 9일
1판 1쇄 펴냄 2016년 3월 15일

지은이 | 김경록
펴낸이 | 정 필
펴낸곳 | 도서출판 뿔미디어

편집장 | 이재권
기획 · 편집 | 문정흠

출판등록 | 2002년 9월 11일 (제081-1-132호)
주소 | 경기도 부천시 원미구 소향로 17번길(두성프라자) 303호 (우) 14544
전화 | 032)651-6513 / 팩스 032)651-6094
E-mail | bbulmedia@hanmail.net
홈페이지 | http:/bbulmedia.com

값 8,000원

ISBN 979-11-315-7035-7 04810
ISBN 979-11-315-3650-6 04810 (세트)